書下ろし

京洛斬鬼

介錯人・野晒唐十郎〈番外編〉

鳥羽 亮

祥伝社文庫

目次

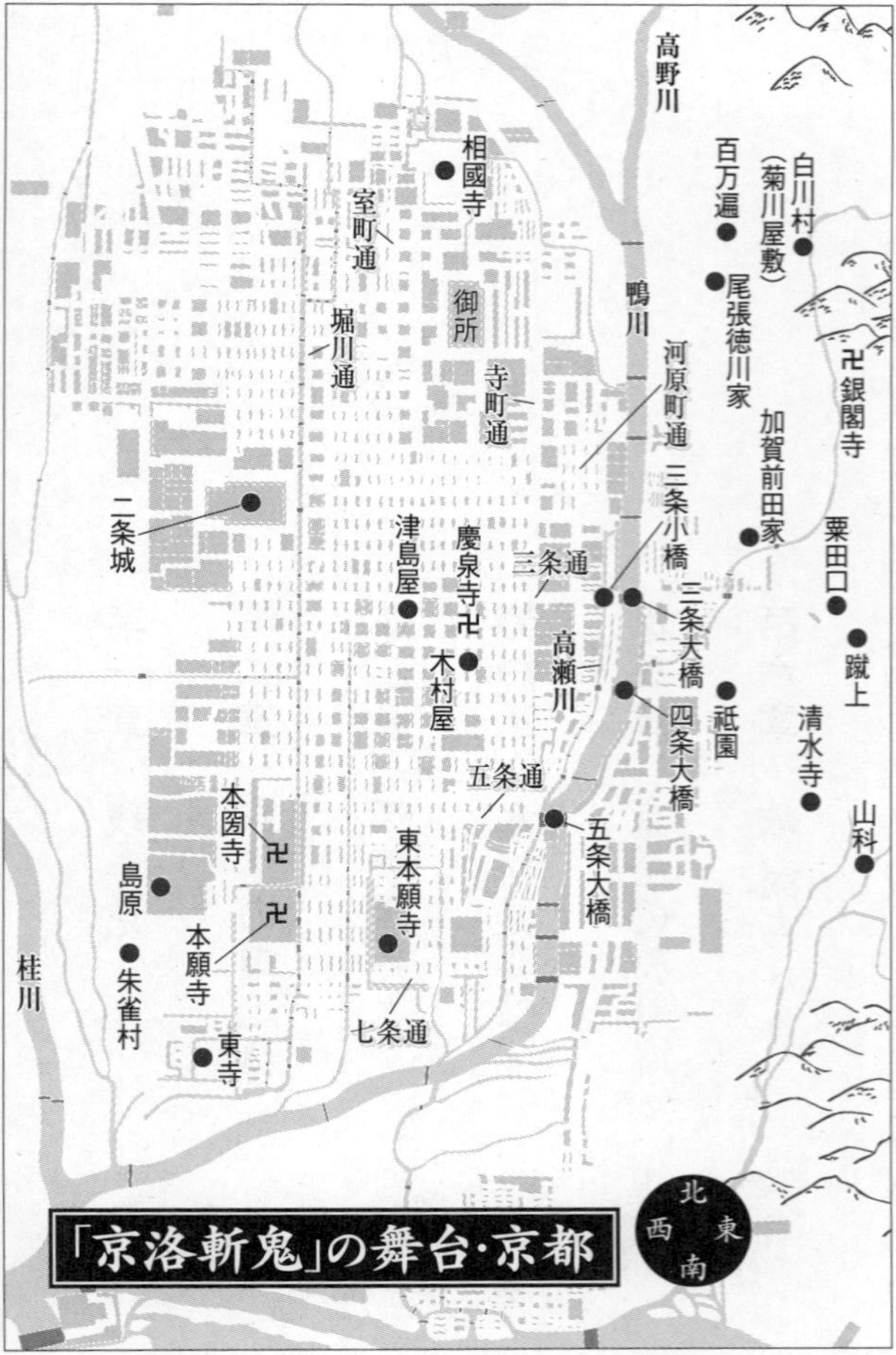
高野川
相國寺
室町通
御所
堀川通
寺町通
鴨川
河原町通
百万遍
白川村
(菊川屋敷)
尾張徳川家
銀閣寺
加賀前田家
二条城
津島屋
慶泉寺
三条通
三条小橋
三条大橋
粟田口
蹴上
木村屋
高瀬川
四条大橋
祇園
清水寺
五条通
五条大橋
山科
本圀寺
東本願寺
島原
本願寺
朱雀村
桂川
七条通
東寺
北
東
西
南
「京洛斬鬼」の舞台・京都

第一章　残党

1

東海道鈴鹿峠《すずかとうげ》。急坂が山間《やまあい》を九十九折《つづら》りにつづいている。街道は狭く、峻険《しゅんけん》な山道であった。

狩谷唐十郎《かりやとうじゅうろう》と咲《さき》は、鈴鹿峠を京にむかって歩いていた。所々に苔《こけ》むした石畳があり、清水が湧きだしていて、気を抜くと足を滑らせて坂を転がり落ちそうになる。

「唐十郎さま、茶屋があります」

咲が足をとめて声をかけた。

見ると、茶店がある。そこが峠の頂《いただき》らしく街道はなだらかになり、道幅もひろくなっていた。

「この辺りが、伊勢《いせ》と近江《おうみ》の境になるのか」

唐十郎は、峠の頂が伊勢と近江の国境だと聞いていた。

唐十郎は野袴に打裂羽織《ぶっさきばおり》、草鞋《わらじ》履きで網代笠《あじろがさ》を手にしていた。腰には愛刀の備前一文字祐広《びぜんいちもんじすけひろ》を帯《お》びている。

「一休みするか」

唐十郎は額の汗を手の甲で拭《ぬぐ》いながら言った。

「はい」

咲は唐十郎を見上げて笑みを浮かべた。色白の顔が紅潮し、額に汗が浮いている。足腰の達者な咲にも、鈴鹿峠の山道は険しかったらしい。

咲は巡礼姿だった。笈《おい》を背負い、白の笈摺《おいずり》に白の手甲脚半《てっこうきゃはん》姿だった。武士体《てい》の唐十郎と巡礼姿の咲がいっしょに歩いているのには、わけがあった。

咲は女ながら伊賀《いが》者であった。幕臣で、明屋敷番伊賀者組頭である。咲は組頭だった父親、相良甲蔵《さがらこうぞう》の死後、組頭の任を継いだのだ。

一方、唐十郎は市井《しせい》の試刀家で、居合の達人だった。これまで、唐十郎は名刀の目利きや切腹の介錯などを通して、幕閣や大名家などにまつわる事件にかかわり、咲の率いる伊賀者とともに闘ってきた。そうした闘いのなかで、唐十郎と咲は情を通じ合う仲になったのである。

今度も、唐十郎はその腕を見込まれ、江戸市中で暗躍していた尊皇攘夷《そんのうじょうい》を叫ぶ浪士集団を討つことになった（『双鬼　介錯人・野晒唐十郎』）。浪人集団は夷狄誅殺隊《いてきちゅうさつたい》（略して夷誅隊《いちゅうたい》と呼ばれていた）を名乗り、軍用金の調達と称し、江戸の大店《おおだな》に押し入って店の者を斬殺し、大金を強奪していたのだ。

夷狄とは、異国人を蔑視《べっし》するときに使われる言葉だった。夷は東方の野蛮人、狄は北方の未開人の意味である。

ただ、唐十郎の場合、夷誅隊を討つといっても、幕府側でひそかに組織した征伐隊《せいばつたい》を助勢する立場であった。

咲は征伐隊ではなかったが、伊賀者組頭として浪士集団の討伐を幕府に命じられ、唐十郎とともに闘っていたのである。

この時代（安政《あんせい》二年、一八五五）、幕府や諸藩の財政難、相次ぐ異国船の来航、薩《さつ》摩《ま》、長州《ちょうしゅう》などの雄藩の擡頭《たいとう》、尊皇攘夷論の高まりなどで幕府の権勢は弱まり、日本中が揺れていた。

そうしたおり、幕府はペリー艦隊の軍事的な圧力に屈して、十二カ条の日米和親条約を締結し、下田《しもだ》、箱館《はこだて》の二港をひらくことになる。さらに、ロシヤとの間でも和親条約を結ばざるをえなくなり、下田、箱館、長崎《ながさき》を開港する。ここにおいて、幕府は自らの手で長年堅持してきた鎖国政策を破り、開国の道を選んだのである。

こうした幕府の動きが、異国に対する排斥《はいせき》感情をさらに高め、なかでも、外様《とざま》雄藩の下級藩士のなかで尊皇攘夷論が強まった。そうした藩士たちのなかに、攘夷を断行するために脱藩して、江戸や京で浪士や国士として活動する者があらわれたのだ。

夷誅隊の者たちも尊皇攘夷を叫び、浪士や国士と名乗っていたが、その行動は兇《きょう》賊《ぞく》でさえ眉をひそめるほどの非道ぶりであった。

ところが、町奉行所も相手が腕の立つ武士集団ということもあって、なかなか捕らえることができなかった。そこで、幕府は夷誅隊を成敗《せいばい》するためにひそかに征伐隊を組織し、そのなかに唐十郎もくわわったのである。

そうしたなか、唐十郎たちは夷誅隊が強奪した大金を軍用金として京へ運ぶらしいとの情報を得て、東海道を京へむかった。咲も巡礼姿に身を変え、夷誅隊を追って旅に出たのである。

唐十郎と征伐隊は、箱根《はこね》山中で夷誅隊の大半を討ちとり、京へ運ぼうとしていた軍用金も奪還することができた。さらに、箱根の闘いから逃れた一味の首魁《しゅかい》ら三人も、金谷《かなや》宿《じゅく》の先の小夜《さよ》の中山《なかやま》と呼ばれる峠で討ち果たすことができた。唐十郎たちの手で、夷誅隊を殲滅《せんめつ》したのである。

夷誅隊を討ちとった唐十郎は、

「おれは、京まで足を延ばしてみよう」

と、言い出した。せっかく大井《おおい》川を越えたのである。それに、唐十郎は独《ひと》り身で、江戸に急いで帰らねばならない理由もなかったのだ。

唐十郎は咲に、

「咲、いっしょに京へ行かぬか」

と訊くと、咲は唐十郎に身を寄せて、

「嬉しゅうございます」

と言って、寄り添うようについてきたのだ。

その後、唐十郎は咲とともに旅をつづけ、四日市《よっかいち》の先の追分《おいわけ》で伊勢街道へ入り、伊勢神宮を参拝し、伊勢別街道を経《へ》てふたたび東海道の関宿《せきじゅく》にもどり、坂下宿《さかしたじゅく》を経て鈴鹿峠に入ったのである。

この間、咲は公儀に、京の政情を探るために上洛する由を認《したた》めた書状を送り、許しを得ていた。

唐十郎と咲は茶店の床几《しょうぎ》に腰を下ろし、茶と饅頭《まんじゅう》を頼んだ。

「咲、今夜の宿は土山《つちやま》かな」

唐十郎は、西の空に目をやりながら言った。

すでに、陽は西の空にあった。あと一刻（二時間）もすれば、山並の向こうに沈むのではあるまいか。

次の宿場の土山宿からその先の水口宿《みなぐちじゅく》まで、二里半余りあった。水口宿まで足を延ばすと暗くなってしまうだろう。それに、急ぐ旅ではなかったのだ。

「はい……」

咲は笑みを浮かべてうなずいた。

唐十郎と咲が茶店を出て歩くと、街道は下り坂になった。登りは急坂だったが、土山宿に向かう下り坂はなだらかだった。坂を下り終えて田村《たむら》川にかかる橋を渡ると、まもなく土山宿である。

宿場は賑《にぎ》わっていた。旅籠《はたご》、茶店、名物の挿《さ》し櫛《ぐし》を売る店などが軒《のき》を連ね、客の袖を引く留女《とめおんな》の甲高《かんだか》い声や馬の嘶《いなな》きなどがひびき、宿を探す旅人、駕籠《かご》かき、駄馬を引く馬子《まご》、供連れの武士などが行き交《か》っていた。

唐十郎と咲は、黒田屋《くろだや》という旅籠に草鞋を脱《ぬ》ぐことにした。木賃宿にちかい小体《こてい》な旅籠である。武士体の唐十郎と巡礼姿の咲がいっしょに泊まるわけにはいかなかったので、咲は別部屋ということになった。もっとも、伊賀者の咲は、唐十郎と床をいっしょにしたければ、いつでも忍び込むことができたのである。

翌朝、唐十郎と咲は、明け六ツ（午前六時）ちかくになって、黒田屋を出た。明け六ツは遅い出立だった。このころの旅人は、まだ暗いうちに宿を出る者が多かったのである。

宿場を行き来する旅人の姿は、まばらだった。多くの旅人は鈴鹿峠を越えるため、土山宿を早めに発《た》ったようである。

唐十郎と咲が宿場を出ていっとき歩いたとき、街道の先で、

「喧嘩《けんか》だ！」

という声がひびき、一町（約一〇九メートル）ほど先で逃げ惑っている旅人たちの姿が見えた。

遠方ではっきりしなかったが、ふたりの武士が、七、八人の半裸の男たちに取りかこまれていた。半裸の男たちは、手に手に六尺ほどの棒を持っている。

「雲助《くもすけ》のようです」

咲が小声で言った。

「そのようだな」

唐十郎は、歩調を変えずに歩いた。おそらく、雲助たちが旅の武士に因縁をつけ、酒代《さかしろ》でも脅《おど》し取ろうとしているのであろう。街道筋では、こうした光景を目にすることもあったのだ。

2

……居合か！

ふたりのうちのひとりが、刀の柄に右手を添えて居合腰に沈めていた。居合の抜刀体勢である。

「唐十郎さま、助造《すけぞう》さんではないですか」

咲が言った。

「助造だと」

唐十郎は、あらためて抜刀体勢を取っている武士に目をむけた。

その体軀《たいく》と構えに見覚えがあった。江戸に残してきた門弟の助造である。

唐十郎は、小宮山《こみやま》流居合を指南する狩谷道場の主であった。もっとも、道場は唐十郎の父、重右衛門《じゅうえもん》がひらいたもので、門弟からの実入りはまったくなかった。重右衛門が死んで久しかったし、門弟もごくわずかだったのだ。それに、稽古《けいこ》らしい稽古はしていなかった。だから、唐十郎は口を糊《のり》するために刀の目利きや切腹の介錯《かいしゃく》、それに頼まれれば、討っ手や敵《かたき》討ちの助太刀《だち》まで、町方に追われる恐れのないことなら何でもやった。

助造は、唐十郎の数少ない門弟のひとりである。助造は武州箕田村《ぶしゆうみだむら》の百姓の倅《せがれ》だった。唐十郎が中山道《なかせんどう》を旅したとき、助造は唐十郎が遣った小宮山流居合の精妙さを目にし、懇願して門弟になったのである。

唐十郎は夷誅隊を討伐するために江戸を発つおり、助造を道場に残してきた。その助造が、いま、目の前にいる。

「助造さんを助けましょう」

咲が足を速めながら言った。

「咲、案ずることはない。助造の腕ならば、後《おく》れをとることはないだろう」

唐十郎は急がなかった。

助造は若いが、小宮山流居合の精妙を会得《えとく》していた。雲助ごときが何人いようと、後れをとるようなことはないはずである。

イヤアッ！

突如《とつじよ》、裂帛《れつぱく》の気合が聞こえ、キラリ、と刀身が朝日を反射《はね》た。

同時に、助造の体が飛鳥のように躍《おど》った。

迅《はや》い！　居合の神速の抜き打ちである。

……真向両断《まっこうりょうだん》か。

真向両断は、正面の敵に対し、抜きつけの一刀を真っ向にふるう技である。

ちなみに、小宮山流居合には、基本技からなる初伝八勢《しょでんはっせい》があった。真向両断、右身《うしん》抜打《ぬきうち》、左身《さしん》抜打、追切《おいぎり》、霞切《かすみぎり》、月影《つきかげ》、水月《すいげつ》、浮雲《うきぐも》からなっている。

ギャッ！と絶叫を上げて、正面に立っていた大柄な男が身をのけ反《ぞ》らせた。肩口に血の色がある。

どうやら、助造は相手の真っ向ではなく、肩口を狙って切り落としたらしい。それも深手ではないようだ。助造は仕留めるまでもないと思い、手加減して斬りつけたのであろう。

助造の動きはとまらなかった。すばやい体捌《さば》きで右手をむくと、男の膝先を払うように刀身をふるった。

……浪返《なみがえし》！

唐十郎は、助造が浪返の技を遣ったのを目にした。

浪返は、前後ふたりの敵に対して遣う技である。まず、正面の敵の膝先を払うように刀をふるって敵の足をとめ、上段に振りかぶりざま反転して背後の敵を斬るのだ。その刀身の流れが、寄せては返す波に似ていることからついた名である。

助造は一瞬の動きで、背後の敵の肩口を斬っていた。見事な太刀捌きである。

背後にいた雲助が絶叫を上げてよろめき、肩口から血が飛び散った。ただ、大柄な男と同じように命にかかわるような傷ではないようだ。助造は、わざと致命傷を与えなかったのであろう。

……奥伝三勢《おくでんさんせい》も会得したか。

唐十郎は胸の内でつぶやいた。

小宮山流居合は、基本技からなる初伝八勢を身につけると、中伝十勢《ちゅうでんじっせい》に進む。中伝は様々な場と敵の人数を想定した技で、入身迅雷《いりみじんらい》、入身右旋《うせん》、入身左旋《させん》、逆風《ぎゃくふう》、水車《すいしゃ》、稲妻《いなずま》、虎足《こそく》、岩波《いわなみ》、袖返《そでがえし》、横雲《よこぐも》からなる。

そして、中伝十勢を会得すると、奥伝三勢が伝授されるのだ。奥伝は小宮山流居合の奥義ともいえる精妙な技で、山彦《やまびこ》、浪返、霞剣《かすみけん》で編《あ》まれている。

助造はまだ奥伝三勢の稽古中であったが、唐十郎は助造が遣った浪返を見て、奥伝三勢も会得したと踏んだ。

小宮山流居合の場合、奥伝三勢を会得すると免許が与えられる。ただし、小宮山流居合には、一子相伝の『鬼哭《きこく》の剣』があった。この技は、唐十郎しか会得してない必殺剣である。

助造の見事な腕を見た雲助たちは、浮き足だった。顔をこわばらせ、棒を手にしたまま後じさり始めた。

「まだくるか！」

助造が、威嚇《いかく》するように刀を振り上げて叫んだ。

「に、逃げろ！」

肩口を斬られた男が駆けだすと、他の雲助たちも先を争うように逃げ散った。

助造は逃げる雲助たちの背に目をやったまま、ゆっくりと納刀した。すこし離れた場所で見ていた旅人たちも、ほっとしたような顔をして街道を歩きだした。

唐十郎が助造に近付こうとすると、

「わたしは、姿を消しましょう」

と咲が言い、街道脇の雑木林のなかに足を踏み入れた。咲は伊賀者として、姿を隠した方がいいと判断したらしい。助造は、咲のことを伊賀者と知っていたが、いっしょにいる若侍の正体が知れなかったからであろう。

唐十郎はちいさくうなずいただけで、咲には何も言わず、小走りに助造に近寄った。

「お、お師匠！」

助造が目を剝《む》いて声を上げた。

脇に立っている若侍も、驚いたような顔をして唐十郎に目をむけている。

「助造、どうしてここにいるのだ」

唐十郎が訊《き》いた。

「お師匠こそ、どうしてここに」

「せっかくだから、京まで足を延ばしてみようと思ってな」

「で、でも、もう京に着いているものとばかり思ってました」

助造が声をつまらせて言った。

「まァ、気ままな旅だからな。伊勢参りをしていたのだ」

唐十郎は咲のことは口にせず、のんびりと旅していたことを言い添えた。助造の言うとおり、夷誅隊を殲滅した後、そのままむかっていれば、半月ほど前に京に着いていただろう。

「実は、お師匠の留守の間に、江戸で大変なことが起こったのです」

助造が、顔をこわばらせて脇に立っている若侍に目をやった。

3

「そなたの名は？」

唐十郎は、若侍に目をやって訊いた。初めて見る顔である。

「こ、小杉新之助《こすぎしんのすけ》にございます」

若侍は、震えを帯びた声で名乗った。

歳は十六、七であろうか。色白のほっそりした若者である。端整な顔立ちだったが、脆弱《ぜいじやく》な感じがした。

「それで、なにゆえ助造と旅をしてきたのだ」

唐十郎が訊いた。

「ち、父が、夷誅隊の倉田仙三郎《くらたせんざぶろう》に斬り殺されたのです。それで、父の敵《かたき》を討つために……」

新之助は蒼ざめた顔で言った。かすかに、肩先が震えている。

「なに、夷誅隊に。……まだ、江戸に残っていたのか」

思わず、唐十郎の声が大きくなった。

「残党のようです。それに、倉田は、小杉家の若党だったのです」

助造は歩き出しながら、新之助に代わって話した。

新之助の父、小杉蔵右衛門《くらえもん》は旗本で、御書院御番組頭の役職にあり千石を喰《は》んでいた。また、蔵右衛門は、御側衆の要職にある山科佐渡守盛重《やましなさどのかみもりしげ》の意を受けて動くことが多かったという。

「山科さまと、かかわりのあるお方か」

唐十郎は山科を知っていた。

山科は、幕政の舵《かじ》を握っている老中、阿部伊勢守正弘《あべいせのかみまさひろ》の側近で、阿部の補佐役として幕政を動かしている男である。

山科は阿部の意を酌《く》み、征伐隊を組織した男でもあった。唐十郎が征伐隊に助勢したのも、山科の用人から話があったからである。

「その蔵右衛門さまが、若党の倉田に斬殺されたのです」

助造は歩きながら、小杉家の用人から聞いた話を口にした。

助造の出自は百姓だったが、長く江戸で武士らしい暮らしをしていたこともあって、言葉遣いは武士のようであった。

倉田は小杉家の若党だったが、ここ二年ほど尊皇攘夷論にかぶれ、夷誅隊の浪士とも接触し、奉公先の小杉家にもあまり寄り付かなかったという。

そうしたおり、倉田は、山科が征伐隊を組織して夷誅隊を成敗しようと動いていることを知り、何とか反撃しようと考えたようだ。そこで、山科の右腕でもあり、幕政の一端を担っている蔵右衛門の暗殺を計画したらしいという。

「倉田は、小杉家のことを知り尽くしていたので、ご当主の蔵右衛門さまを狙いやすかったのだと思います。それに、小杉家には倉田が欲しかった刀があったのです」

助造が言った。

「刀とは？」

唐十郎が助造に目をむけて訊いた。

「将軍家より拝領した石堂是一《いしどうこれかず》だそうです」

「石堂是一だと」

江戸石堂と呼ばれる刀鍛冶《かじ》の一門があったが、そのなかで最も名のある男が是一である。唐十郎は刀の目利きを生業《なりわい》としていたこともあって、これまで多くの石堂派の刀を目にしてきた。ただ、是一の鍛《きた》えた刀を目にしたのは、一度だけである。

石堂一門はみな備前伝を鍛え、刃文は丁子《ちょうじ》の花に似た丁子乱れが多い。なかでも、是一の鍛えた刀は、黒味を帯びた地鉄《じがね》に逆丁子乱れと称する華やかな刃文が浮き上がり、見る者の目を奪うのだ。

「拝領した刀でもあり、我が家の家宝でした」

新之助が無念そうな顔をして言った。

「倉田は仲間ふたりと小杉家に侵入し、蔵右衛門さまを斬り殺して、家宝の刀を奪って逃げたらしいのです」

そう言い添えた助造の声にも、怒りのひびきがあった。

「それで?」

唐十郎は話の先をうながした。小杉家で何があったか知れたが、なぜ助造が新之助といっしょに旅しているのかが分からなかった。

「何としても父の敵を討ち、上さまより賜《たまわ》った石堂是一を取りもどしたいのです。それで、箕田どのにお願いし、いっしょに来ていただいたのです」

と、思いつめたような顔をして言った。

助造は姓はなかったが、助造だけでは格好がつかなかったので、勝手に箕田村の箕田をとって名乗っていたのだ。

「実は、山科佐渡守さまの用人の野崎重介《のざきしげすけ》さまという方が道場に見え、お師匠の力添えを願えないか、との依頼があったのです」

助造が照れたような表情を浮かべて言い添えた。

山科佐渡守の用人には、神崎惣右衛門《かんざきそうえもん》という男がいた。神崎は征伐隊の長として唐十郎とともに夷誅隊を成敗した後、東海道を江戸へむかったはずだが、助造たちが旅立つときはまだ江戸に着いていなかったのかもしれない。それで、野崎という別の用人が道場を訪ねたのであろう。

「ところが、お師匠は旅に出たままでしたので、京まで行けば、お師匠に会えるはずだと思い、ふたりで旅してきたのです」

助造が言った。

「そういうことか」

唐十郎は、やっと事情が飲み込めた。

「狩谷さま、ご助勢いただけないでしょうか」

新之助は足をとめ、唐十郎を見つめて言った。その目には、必死さがあった。

「なぜ、おれなのだ。征伐隊のなかには腕の立つ者がいたぞ」

それに、山科の配下のなかにも遣い手はいるはずだ。唐十郎のような浪人が、出る幕ではないのである。

「いえ、どうしても、狩谷さまにご助勢いただきたいのです」

新之助が訴えるように言うと、

「お師匠、刀の目利きのできる者でないと、石堂是一の鍛えた刀かどうか分からないのです」

と、助造が言い添えた。

「だが、小杉どのは、倉田の顔を知っているのではないか」

唐十郎が、新之助に訊いた。倉田の顔を知っていれば、討てるはずである。

「倉田を討ち、さらに石堂是一を取りもどさねばなりません」

「うむ……」

それで、刀の目利きのできる唐十郎の出番ということになったらしい。

唐十郎が返事を渋っていると、ふいに新之助が足をとめ、路傍に膝を折った。そして、地面に両手をついて低頭すると、

「狩谷さま、なにとぞ、ご助勢を」

と、絞り出すような声で言った。

「分かった。ともかく、立て」

唐十郎が慌《あわ》てて言った。

いったい何事かと、通りすがりの旅人たちが足をとめて見つめているのだ。

4

その日、唐十郎、助造、新之助の三人は、草津宿《くさつじゅく》の島崎屋《しまざきや》という旅籠に草鞋を脱いだ。すすぎを使い、二階の座敷に腰を落ち着けてから、

「小杉どのの兄弟は？」

と、唐十郎が訊いた。まだ、十六、七と思われる新之助が敵討ちのために江戸を発ったことからみても、兄はいないのかもしれない。

「菊江《きくえ》という妹がおります」

家族は、殺された蔵右衛門と新之助をのぞけば、母親のときと菊江だけだという。

「そうか」

となると、新之助が敵を討って江戸へもどるまでは、家を継ぐこともできないのだろう。

「何としても、倉田を討ち取り、江戸へ帰らねばなりません」

新之助が、眦《まなじり》を決するような顔をして言った。新之助が必死になるのも当然である。若い新之助の肩に、小杉家と残された母親や妹の命運がかかっているのである。

「それで、倉田はどんな男なのだ」

唐十郎が新之助に訊いた。敵を討つためには、まず相手をよく知らねばならない。

「剣の遣い手です」

新之助によると、倉田は二十代後半、千葉《ちば》周作《しゅうさく》の玄武館《げんぶかん》の高足で、北辰一刀流《ほくしんいっとうりゅう》の遣い手だという。

「北辰一刀流を遣うのか」

「はい」

「それで、小杉家の家士のなかに、腕に覚えのある者はいないのか」

小杉蔵右衛門は御書院御番組頭で、千石を喰んでいたという。当然、何人もの家士がいたであろう。家士のなかに腕の立つ者がいれば、主人の敵討ちのために新之助に同行してもいいはずである。

「それが、倉田が北辰一刀流の遣い手だと知っているので、みな尻込みするばかりで……」

新之助は悔しそうな顔をした。

「そうか。ところで、倉田は仲間ふたりと三人で屋敷に押し入ったそうだな」

唐十郎が、声をあらためて訊いた。

「はい、下城した父に襲いかかり、斬り殺した後、刀を奪って逃げたのです」

倉田は、蔵右衛門の居場所と家宝の刀の保管場所を知っていたこともあり、用人や若党の駆け付ける前に蔵右衛門を斬り、刀を奪って逃走したそうだ。

「倉田はなぜ刀を奪ったのだ」

「前々から石堂是一の刀が欲しかったようです。剣の遣い手ということもあり、刀にこだわっていたのかもしれません」

「そうか」

剣に生きる者が己の刀にこだわる気持ちは、唐十郎にも分かった。唐十郎も、祐広をいつも帯刀している。

「それで、ふたりの仲間のことも知っているのか」

唐十郎が声をあらためて訊いた。

「ひとりは知っています。名は渋谷《しぶや》繁三郎《しげさぶろう》。倉田と玄武館で同門だったようです」

渋谷は長州藩士だったが、三年ほど前に脱藩して江戸に出たらしいという。小杉家の屋敷に、倉田が渋谷を連れてきたことがあり、家士たちも渋谷のことは知っていたそうだ。

「もうひとりは、分かりません」

押し入った三人の姿を見かけた奉公人の話によると、長身の三十がらみと思われる武士だったそうである。

「三人とも、京へむかったのはまちがいないのか」

「はい、倉田は前からちかいうちに上洛すると口にしていましたし、奉公人のひとりが京橋《きょうばし》で、旅姿の倉田がふたりの仲間と東海道を南に向かうのを見ています」

「そうか」

倉田たち三人が、京へむかったのはまちがいないようだ。

それから唐十郎は、倉田をはじめ三人の容貌や体軀などをあらためて訊いた。倉田は面長で、目が細くのっぺりした顔をしているという。

唐十郎たちが島崎屋の座敷で話しているとき、巡礼姿の咲は行商人ふうの男と東海道を京にむかっていた。

男は菅笠をかぶり、手甲脚半に草鞋履きだった。薬でも入っていそうな木箱を風呂敷につつんで背負っている。

男の名は、森山十郎太《もりやまじゅうろうた》。咲と同じ伊賀者の組頭で、七変化の十郎太と呼ばれる変装の名人だった。

ふたりは土山宿から水口宿へ向かう街道を足早に歩いていた。

「森山どの、伊勢守さまから命を受けたのですね」

咲が念を押すように訊いた。

伊勢守というのは、阿部伊勢守正弘のことである。咲たちは他の伊賀者とちがって、老中の阿部の命を受けて動く特殊な一団であった。

十郎太は、阿部から咲が京に出向いた理由を聞いていた。それに、公儀から京都所司代に宛てた書状も持っていた。その書状には公儀の命を受けた者たちが、夷誅隊の探索のために京へ入った旨が記されている。

「いかさま」

十郎太によると、京洛にも夷誅隊を名乗る一党が出没し、京都所司代と町奉行所は手を焼いているという。

「それで、われらの任は?」

咲が訊いた、

「夷誅隊の探索だけでなく、成敗すること」

十郎太が菅笠を持ち上げ、視線を咲にむけた。三十がらみであろうか。面長で肌の浅黒い剽悍《ひょうかん》そうな面構《つらがま》えの男だった。

「ふたりだけで?」

「いや、すでに三人の伊賀者が京へむかっている」

十郎太は江島房次郎《えじまふさじろう》、木下勇蔵《きのしたゆうぞう》、夏目稔助《なつめとしすけ》の名を挙げた。三人とも伊賀者で、江島と木下は咲の配下であった。ふたりは屋敷内の侵入や尾行などに長《た》け、これまでも咲とともに闘ってきた男たちである。

十郎太によると、江島と木下は自ら京行きを志願したという。一方、夏目は十郎太の配下で、変装にくわえて手裏剣が得意だそうだ。

「伊勢守さまは、伊賀者だけで夷誅隊を討てとおおせですか」

咲が訊いた。五人とはいえ、相手が夷誅隊となると、伊賀者だけでは心許無かったのである。

「いや、伊勢守さまは、狩谷どののたちの手を借りたらどうかともおおせられた」

十郎太は、小杉新之助と狩谷道場の助造が、夷誅隊の者に新之助の父親、蔵右衛門を斬られた敵討ちのために京へむかっていることをかいつまんで話した。十郎太は夷誅隊のことも、唐十郎が京へむかっていることも知っているようだ。おそらく、十郎太は阿部から唐十郎が夷誅隊を追って旅に出たことや、小杉蔵右衛門が夷誅隊の残党に殺されたことなどを聞いたのであろう。

「それで、ふたりは旅に出ていたのか」

咲は、助造と若侍を見かけたことを話した。

「狩谷どのには、咲どのから話してもらいたいが」

十郎太が、抑揚《よくよう》のない声で言った。おそらく、十郎太は咲と唐十郎の関係も知っているのだろう。ただ、伊賀者らしく、そうした男女の関係には、まったく関心がないようだった。

「狩谷どのに、話はしますが……」

咲は言葉を濁した。唐十郎が承知するかどうか分からなかったのである。

5

島崎屋を出ると、街道を行き来する旅人の姿が見えた。草津宿を発つ旅人たちである。まだ、明け六ツ（午前六時）には間があるが、宿場は乳白色に明らみ、東の空は茜《あかね》色に染まっていた。上空も青さを増している。

唐十郎、助造、新之助の三人は、京にむかって歩きだした。京まで、次の大津宿《おおつじゆく》を経て六里半ほどである。今日のうちに、京へ着けるだろう。

「小杉どの、剣の心得はあるのか」

歩きながら唐十郎が訊いた。

「二年ほど、神道無念流《しんとうむねん》の道場に通っていました」

このころ、江戸では千葉周作の北辰一刀流、玄武館、斎藤弥九郎《さいとうやくろう》の神道無念流、練兵館《れんぺいかん》、桃井春蔵《もものいしゆんぞう》の鏡新明智流《きようしんめいち》、士学館《しがくかん》が、江戸の三大道場と謳《うた》われ、多くの門人を集めていた。新之助は練兵館に通ったのかもしれない。

「二年の稽古か」

唐十郎は、真剣勝負になれば、新之助の身に付けた剣術はほとんど役に立たないだろうと思った。それというのも、江戸にある多くの剣術道場は、防具を身に着け、竹刀《しない》による打ち合い稽古をとり入れていた。練兵館もそうである。

竹刀による稽古でも、相手を打つ技法は身に付くが、真剣勝負となると別である。敵と相対したときの心が大きく左右する。竹刀で打つのと刀で斬るのは、まるでちがう。竹刀で身に付けた技法だけでは、刀でひとを斬るのはむずかしい。それに、二年の稽古では、やっと構えや打ち込み方などが、身に付いた程度であろう。

「お師匠、小杉どのに真剣を遣って竹でも斬ってもらいます」

脇で聞いていた助造が口をはさんだ。助造も、新之助がひとを斬るのはむずかしいとみているようだ。

唐十郎は何も言わずにちいさくうなずいた。新之助のことは、助造にまかせておこうと思ったのだ。

「ところで、京に着いてからの宿は決まっているのか」

唐十郎が訊いた。

「津島屋《つしまや》という呉服屋を訪ねるつもりです」

新之助によると、三条《さんじょう》通りから室町《むろまち》通りに入ってすぐのところに、津島屋という呉服屋があるそうだ。

江戸の日本橋《にほんばし》にも津島屋の支店があり、小杉家に長く出入りしていたことから懇意《こんい》にしていたという。津島屋の主人の好意で、京に滞在するおりの宿に使って欲しいとの話があったそうだ。

「おふたりも、ひとまず津島屋へ草鞋を脱いでください」

新之助が懇願するように言った。

「ならば、厄介《やっかい》になろう」

唐十郎は、京における宿の当てがなかったのだ。

東海道は琵琶《びわ》湖につづき、やがて前方に瀬田《せた》川にかかる唐橋《からはし》が見えてきた。唐十郎たちは唐橋を渡り、さらに右手に琵琶湖を見ながら進んだ。次の宿場は、京の手前の大津である。

唐十郎たちは、大津宿の茶店で一休みし、すこし早いが島崎屋で用意してもらった弁当を使った。

腹ごしらえをした後、唐十郎が、

「さて、行くか」

と声をかけ、茶店の床几から立ち上がった。

大津から京まで、およそ三里である。陽が沈む前に、鴨《かも》川にかかる三条大橋《さんじょうおおはし》を渡ることができるだろう。

大津宿を出ていっとき歩くと、追分に出た。右手が東海道、左手が奈良街道である。唐十郎たちは、東海道を進んだ。しばらく歩くと、街道沿いの家並がとぎれ、街道はまた山間に入った。

山間の道を抜けると、急に視界がひらけた。無数の家並と寺社仏閣の堂塔などが、西日のなかに広漠と連なっている。

「京か！」

助造が声を上げた。前方にひろがっているのが、京の都である。

「あれが、三条大橋のようです」

新之助が前方を指差して言った。

街道の先に大きな橋がかかっていた。流れているのは鴨川であろう。川面《かわも》が西日を反射《はね》て、淡い鴇《とき》色にかがやいている。

街道沿いには町家がつづき、人通りが急に多くなった。旅人だけでなく商人ふうの男や町娘、雲水などの姿も目についた。唐十郎たちの足も自然と速くなった。いよいよ京の都に足を踏み入れるのだ。

鴨川にかかる三条大橋は、擬宝珠《ぎぼし》で飾られた優雅な橋だった。武士や町人が行き交っている。

「何を見ているのだろう」

橋を渡りかけたところで、新之助が言った。

旅人と付近の住人らしい十数人の男女が、橋の先の欄干《らんかん》から身を乗り出すようにして橋のたもと近くの河原を覗いていた。何かあるらしい。

唐十郎たち三人も、欄干から下を覗いている男女の肩越しに河原に目をやった。橋のたもと近くの土手の叢《くさむら》に、男がひとり仰向けに倒れていた。

凄惨な死体だった。額から鼻筋にかけて斜《はす》に斬られ、片方の眼玉が飛び出ていた。

顔はどす黒い血に染まっている。口をあんぐりあけ、何かに嚙《か》みつこうとでもしているように前歯を突き出していた。

町人だった。着物の裾を尻《しり》っ端《ぱし》折《よ》りし、股引《ももひき》姿である。素足《すあし》だった。草履は脱げてしまったのだろう。死体の脇に、板片が竹に挟んで立てられてあった。板片に『天誅、夷誅隊』と記してあった。

「い、夷誅隊の仕業《しわざ》です」

新之助が声を震わせて言った。

「そのようだな」

理由は分からぬが、夷誅隊の者がこの場に死体を晒《さら》したのだ。

集まった野次馬たちの間から、また、夷誅隊の仕業かいな、ひどいことしはりますなァ、こないな屍体《ほとけ》は、もう見とうおまへん、などという声が聞こえてきた。野次馬の多くは京の住人らしい。

……こいつが、おれたちの出迎えか。

唐十郎は胸の内でつぶやいた。華やかに見えるが、京洛の地は残酷で陰湿な闇に覆《おお》われているようである。

6

旅籠や料理屋などが軒《のき》を連ねる三条通りをいっとき歩き、通りかかった町娘に室町通りにある津島屋はどこか訊くと、

「この先を左手にまがると、すぐどす」

と、教えてくれた。

一町ほど先に四辻があった。町娘に教えられたとおり左手にまがると、すぐに呉服屋らしい大店があった。軒先の看板に、津島屋と記してある。

「店の者は、小杉どのが来るのを知っているのか」

店先で唐十郎が訊いた。

「はい、江戸の店から早飛脚で知らせてあるはずです」

「そうか」

唐十郎たちは店先の暖簾《のれん》をくぐった。土間の先が売り場になっていて、客を相手に手代らしき男がふたり、反物《たんもの》を見せていた。売り場の奥が帳場になっていた。帳場机で中年の男が算盤《そろばん》をはじいている。番頭であろう。

「ごめん」

新之助が声をかけた。

すると、奥の帳場にいた番頭らしき男が慌てた様子で腰を上げた。唐十郎たち三人が旅装の武士体だったので、ただの客ではないとみたのであろう。

「お越しやす」

番頭らしき男は、揉み手をしながら戸惑うような顔をした。

「あるじの久兵衛《きゅうべえ》はいるかな。江戸から小杉新之助がまいったと伝えてもらえれば、分かるはずなのだが」

新之助が言った。

男は、番頭の繁蔵《しげぞう》と名乗った後、

「しばし、お待ちを」

そう言い残し、急いで帳場の奥へむかった。

いっとき待つと、繁蔵が五十がらみと思われる恰幅《かっぷく》のいい男を連れてもどってきた。唐桟《とうざん》の羽織に細縞《ほそじま》の小袖で、渋い路考茶《ろこうちゃ》の帯をしめていた。いかにも、呉服屋の主人といった身装《みなり》である。

「久兵衛でございます。ともかく、お上がりになってくださいまし」

久兵衛は顔を曇《くも》らせて言った。小杉蔵右衛門が、夷誅隊の者に殺されたことは知っているようだ。

唐十郎たち三人は、久兵衛に案内され、帳場の奥の座敷に通された。そこは、上客との商談のための座敷らしかった。こざっぱりした座敷で、座布団や莨盆《たばこぼん》が用意されている。

唐十郎たちが座布団に腰を下ろすと、

「おふた方は？」

久兵衛が、唐十郎と助造に目をむけて訊いた。

唐十郎と助造が名乗ると、

「おふたりとも剣の遣い手で、敵討ちの助太刀をしていただくことになっているのです」

と、新之助が言い添えた。

「それにしても、災難でございましたなァ」

久兵衛が、眉根を寄せて言った。物言いに親しそうなひびきがくわわった。それに、京都弁ではなかった。

後で新之助から聞いて分かったのだが、久兵衛は七年ほど前まで江戸店にいて、小杉家の屋敷にも出入りしていたという。そのころ、まだ子供だった新之助とも顔を合わせていたそうだ。長く江戸にいたこともあって、江戸の言葉も使えるのであろう。

「迷惑だろうが、しばらく宿を貸してくれ」

新之助が言った。

「どうぞ、どうぞ。裏手に先代が使った隠居所がございます。そこを使ってくださいまし」

久兵衛がそう言ったとき、障子があいて、女中が茶を持って入ってきた。でっぷり太った大年増である。

女中が茶の入った湯飲みを並べ終え、座敷から出て行くのを待ってから、

「ところで、三条大橋のたもとで町人が殺されているのを見たが、あるじは知っているかな」

唐十郎が訊いた。

「はい、店の客が話しているのを聞きました。……夷誅隊の仕業でございます。ちかごろの夷誅隊の非道ぶりは、目をおおいたくなるほどです」

久兵衛が憤怒の色を浮かべて言った、

「殺されたのは、何者だ」

「茂助《もすけ》という男のようです」

茂助は町奉行同心の手先で、夷誅隊を探っていて殺されたのではないかという。

「これでまた、町奉行所は夷誅隊に手が出せなくなるでしょう」

久兵衛によると、町奉行所も京都所司代も報復を恐れて夷誅隊には目をつぶっていることが多いという。

「江戸では、商家に押し入り軍用金と称して金を奪ったが、京でもそうなのか」

唐十郎が訊いた。

「はい、ひどいものです。浪士とは名ばかりで、二本差しの兇賊です」

久兵衛によると、商家に押し入って金品を強奪するだけでなく、平気で女子供まで斬殺するという。

「それだけではございません。日中、店をひらいているときも、三、四人で入ってきて、国を夷狄から守るためだ、金を出せ、と言って、五十両、百両の金を要求するのです」

「この店にも来たのか」

「はい、一度まいりました。出さねば、天に代わって成敗する、などともうしましたので、やむなく店の金をかき集めて八十両ほど渡しました」

久兵衛が、顔をしかめて言った。

「武士とは、思えん連中だな」

「なかには浪士もいるのでしょうが、くいつめ浪人やつぶれ百姓、それに博徒《ばくと》などもくわわっているようですよ」

「江戸の夷誅隊と似たようなものだな」

唐十郎は、そのような連中なら斬っても後悔しないだろうと思った。

それから、唐十郎たち三人は久兵衛の案内で、店の裏手にある隠居所に案内された。大きな家ではなかったが、三部屋あった。戸口に山紅葉《やまもみじ》と高野槙《こうやまき》が植えられ、枝葉を茂らせていた。店の雑音を遮《さえぎ》ってくれそうだ。

三人の身のまわりの世話は、おまつという女中がしてくれることになった。おまつは、さきほど茶を運んできた女中である。

その夜、唐十郎が縁側にちかい座敷で横になっていると、かすかに近付く足音がした。戸口に植えられた高野槙の枝葉を揺らす音がする。常人には、聞き取れないかすかな音である。

……何者！

唐十郎は、傍《かたわ》らに置いてあった祐広を引き寄せた。

足音は縁先の前でとまった。ひとのいる気配がする。

「唐十郎さま……」

障子の向こうで、かすかに女の声がした。

……咲か。

唐十郎は立ち上がった。

障子をあけると、縁側の先の木陰に咲が立っていた。深い夜陰のなかに柿色の忍び装束が溶け、わずかにその黒い輪郭《りんかく》が識別できるだけである。

咲は木陰から出ると、縁先近くに膝を折って唐十郎に顔をむけた。夜陰のなかに、目のまわりが仄白《ほのじろ》く浮き上がっている。顔も頭巾で隠しているらしい。咲は、伊賀者としてここに忍び込んできたようだ。

「よく、ここが分かったな」

「三条大橋で唐十郎さまたちを見かけ、尾《つ》けてきました」

「そうだったか」

おそらく、唐十郎たちが三条大橋の上から茂助の死体に目をやっていたとき、近くに咲もいたのだろう。

「唐十郎さまに、お伝えしておきたいことがございます」

咲が小声で言った。

「なんだ」

「伊勢守さまより、お指図がございました」

「どのような指図だ」

「京の町を跋扈《ばっこ》している夷誅隊を討てと」

静かな声だったが、強いひびきがあった。情夫《いろ》に対する声ではない。伊賀者組頭としての物言いである。

「咲ひとりでか」

「いえ、すでにわたしを入れ伊賀者が五人、京の町に入っております。それに、唐十郎さまのお力もお借りしとうございます」

「うむ……」

唐十郎はすぐに返事をしなかった。新之助に助勢して倉田を討ち、石堂是一の鍛えた刀を取り戻すつもりでいたが、京にいる夷誅隊すべてを討つとなると、話は別である。

「お力添え願えませんか」

咲が言った。

「おれは、夷誅隊にくわわった倉田仙三郎を討つつもりだ。当然、夷誅隊を相手にすることになるが、あくまでも倉田を討つのが先だ。……それでも、よいか」

「はい」

「ならば、咲たちとともに闘おう」

咲たち伊賀者の力は、唐十郎たちにとっても大きな戦力になるはずだった。

「かたじけのうございます」

そう言って、咲は唐十郎を見つめた。一瞬、その目に切なそうな表情が浮いたが、すぐに後じさりして、木陰の深い闇に身を隠した。そして、「いずれ、また」と言い残し、その場から消えた。

かすかな足音と、風の吹き抜けるような気配がしただけで、咲の姿はまったく見えなかった。

7

その日、唐十郎は助造と新之助を連れて京の町を歩いた。京見物というわけではなかったが、久兵衛の勧めもあって、京都御所、二条城《にじよう》、町奉行所などを見てまわったのである。

さすがに、京の町は賑やかだった。由緒のある寺社仏閣も多く、華やかな町筋のなかにも落ち着きがあった。

「浪士も多いようです」

助造が小声で言った。

助造の言うとおり、ときおり町筋で浪士ふうの男と出会った。ただ、夷誅隊を思わせるような凶悪な人相風体の者はいなかった。もっとも、見た目だけで判断することはできないだろう。

三人が三条通りから室町通りに入り、津島屋に目をやると、店先に人だかりができていた。通りすがりの町人らしき男が数人、暖簾の間から店のなかを覗いて騒いでいる。客ではないようだ。

「何かあるようだぞ」

唐十郎は小走りになった。

助造と新之助が、慌てて後を追ってきた。

暖簾の前まで来ると、店のなかから怒鳴り声が聞こえた。男の威嚇《いかく》するような胴間《どうま》声《ごえ》である。

唐十郎は暖簾を分けて、店のなかへ踏み込んだ。土間に武士体の男が三人立っていた。いずれも着古した小袖によれよれの袴姿で、二刀を帯びていた。月代《さかやき》や無精髭《ぶしょうひげ》の伸びた男もいた。三人とも、徒《いたずら》牢人を思わせる男たちである。

売り場の上がり框《かまち》の近くに、久兵衛と繁蔵が座し、蒼ざめた顔で三人の男に頭を下げている。

「どうした」

唐十郎が三人の男の脇に立って訊いた。助造と新之助は、唐十郎の背後にまわって三人に目をむけている。

「な、なんだ！　きさまらは」

三人の真ん中にいた大柄な男が、唐十郎たちを睨みつけるように見すえて怒鳴った。顔が浅黒く、小鼻が張って唇が厚かった。悪相である。

「だれでもいい。うぬらこそ、この店に何の用だ」

唐十郎が低い声で訊いた。

「おれたちは、夷狄から国を守る国士だ。おまえらに、用はない。とっとと店から出ていけ！」

大柄な男が、恫喝《どうかつ》するように声を荒らげた。

「国士が、呉服屋に何のようだ。反物でも買いに来たのか」

「な、なに！」

大柄な男の顔が憤怒で赭《あか》黒く染まった。他のふたりも殺気立った目をむけ、右手で刀の柄をにぎった。

すると、久兵衛が困惑したように顔をしかめて、

「軍用金を百両、出せとおっしゃるのです」

と、小声で言った。

「うぬら、夷誅隊か」

唐十郎は、すばやく三人の男に目をやった。念のために、倉田はいないか見たのである。

倉田らしき容貌の男はいなかった。それに、倉田がいれば、新之助がすぐに気付くはずである。

「だとしたら、どうする」

大柄な男が、刀の柄に右手を添えた。すでに他のふたりは柄をにぎりしめている。

「おれたちが、成敗してやる」

「な、なに！」

大柄な男が怒声を上げ、刀を抜こうとした。

「待て！　ここは狭過ぎる。表に出ろ」

唐十郎は、この場で斬り合うと店内が荒らされるとみたのである。

「よし、表でたたっ斬ってくれる！」

大柄な男が戸口から飛び出し、ふたりの男もつづいた。

「小杉どのは手を出すな」

そう言って、唐十郎が表へ出た。

助造がつづき、新之助は戸口を出たところで足をとめた。新之助は斬り合いにはくわわらず、後ろから見ているつもりらしい。

店先に集まっていた野次馬たちが、悲鳴を上げて店先から逃げ散った。

唐十郎は大柄な男と対峙《たいじ》した。もうひとり、長身で顎のとがった男が、左手にまわり込んできた。

一方、助造はずんぐりした丸顔の男と相対した。助造も居合の抜刀体勢をとっている。

唐十郎と大柄な男との間合は、およそ三間。まだ、居合の抜刀の間合からは遠かった。

大柄な男は、青眼《せいがん》に構えた。切っ先が唐十郎の目線に付けられていたが、かすかに震えていた。興奮して、肩に力が入っているのである。

唐十郎は右手を刀の柄に添え、居合腰に沈めた。居合の抜刀体勢をとったのである。

「い、居合か」

大柄な男が声を上げた。唐十郎の身構えから、居合を遣うと察知したらしい。

「いくぞ！」

唐十郎は足裏を擦《す》るようにして間合を狭め始めた。

唐十郎が抜刀の間合に近付いたとき、
イヤアッ！

突如、大柄な男が裂帛《れっぱく》の気合を発した。

気合で威嚇し、唐十郎の身構えをくずそうとしたようだが、唐十郎はすこしも動じなかった。

唐十郎はさらに間合をつめ、一足一刀の間合に踏み込むや否や、
タアッ！

鋭い気合を発して抜きつけた。

刀身の鞘走る音とともに、唐十郎の腰元から閃光がはしった。

真向両断。

抜きつけの一刀を敵の真っ向へ斬り込む技である。小宮山流居合の基本技で、迅さと鋭さが命である。

瞬間、大柄の男の額から鼻筋にかけて血の線が浮いた。まさに、神速の一颯《いっさつ》である。男は刀で受ける間もなかった。おそらく、一瞬、閃光が目に映っただけで、太刀筋も見えなかっただろう。

次の瞬間、男の額が柘榴《ざくろ》のように割れ、血と脳漿《のうしょう》が飛び散った。凄まじい斬撃だった。頭蓋骨も斬り割られている。

男は悲鳴も上げず、腰から沈むように転倒した。

地面に伏臥《ふくが》した男は、動かなかった。かすかに四肢《しし》が痙攣《けいれん》しているだけである。唐十郎の一撃で、命を絶たれたようだ。

唐十郎は左手にいた長身の男に目を転じた。

男は恐怖に顔をひき攣《つ》らせて後じさった。唐十郎の居合の斬撃を見て、度肝を抜かれたようだ。青眼に構えた切っ先が笑うように震えている。

「来るか」

唐十郎が刀を脇構えに取って、間合をつめ始めた。脇構えから、居合の抜刀の呼吸で斬りつけるのである。

ヒイイッ！

男は喉が裂けるような悲鳴を上げ、反転すると、後ろも見ずに駆けだした。

これを見た助造と対峙していた丸顔の男も、きびすを返して逃げだした。丸顔の男の肩口に、血の色があった。すでに、助造の一撃をあびたらしい。

「たあいもない」

唐十郎は刀身に血振《ちぶ》り（刀を振って血を切る）をくれて納刀した。

そこへ、久兵衛と繁蔵、それに数人の奉公人が、蒼ざめた顔で店から出てきた。そして、店先に横たわっている男と逃げていくふたりの男に目をやり、一様に安堵《あんど》の表情を浮かべた。そして、あらためて唐十郎と助造にむけられた目には、驚愕《きょうがく》と畏敬の色があった。町人にも、尋常な遣い手ではないと分かったのであろう。

「久兵衛、この死体を店先に放置しておくわけにはいくまい」

唐十郎が声をかけた。

「は、はい……」

久兵衛の顔に戸惑いと不安そうな表情が浮いた。凄絶な死体を見て、怖くなったのかもしれない。

「下男にでも頼んで、三条大橋のたもとに転がしておいてくれ。茂助という男の死体が晒されていた場所にな」

唐十郎は、夷誅隊に見せつけてやるつもりだった。このことで、夷誅隊が唐十郎に敵意を抱いて挑んでくれば、倉田の行方《ゆくえ》がつかめるのではないかと踏んだのである。

「そのようなことをすれば、仕返しされるのではありませんか」

久兵衛は不安そうな顔をして言った。

「案ずるな。夷誅隊が狙うとしても、店ではなく、おれたちふたりだろう」

逃げ帰ったふたりの男が、仲間に唐十郎と助造のことを話すはずである。

「……………」

久兵衛の顔は、まだ晴れなかった。

「敵を引き寄せるためだ。いずれ、敵《かたき》の倉田が姿を見せる」

唐十郎が、久兵衛の耳元でささやいた。

第二章　京洛の用心棒

1

高野槙の葉叢《はむら》の間から、夕日が射し込んでいた。橙《だいだい》色のひかりが、縁側でチラチラ揺れている。

風のない静かな日だった。唐十郎は、縁側でひとり貧乏徳利の酒を飲んでいた。助造と新之助は、島原《しまばら》を覗いてきます、と言って、出かけていた。島原は幕府公認の遊《ゆう》廓《かく》である。もっとも、助造と新之助は、遊廓に登楼《とうろう》するつもりで出かけたのではない。話の種に、覗いてみるだけであろう。

唐十郎が手にした湯飲みの酒を飲み干したとき、戸口の方へ駆け寄る足音がした。ふたり、走ってくるようだ。

すぐに、戸口の引き戸のあく音がし、

「お師匠！　おられますか」

と、助造の声がした。上ずっている。

……何かあったようだ。

唐十郎は、かたわらに置いてあった祐広を手にして立ち上がった。

戸口に助造と新之助が立っていた。ふたりの顔がこわばっている。

「お師匠、来ます、浪人たちが！」

助造が、唐十郎の顔を見るなり言った。

「浪人とは」

唐十郎が訊いた。

「夷誅隊のようです。津島屋に来た男がひとりいました」

助造によると、三条通りから室町通りにまがろうとしたとき、後ろから来る浪人たちを目にして、走ってきたという。

「人数は？」

唐十郎が訊いた。

「五人です」

「よし、店の外で待とう」

唐十郎は、津島屋に迷惑がかからないよう店の外で対応しようと思った。

唐十郎たち三人は、津島屋の店舗の脇のくぐり戸から通りへ出た。三条通りの方へ目をやると、なるほど浪人体の男たちが、こちらに歩いてくる。助造の言ったとおり五人である。なかには、浪人ではなく博奕打《ばくち》ちのような風体の男もいた。

造も肩を並べて歩きだした。

「小杉どの、後ろから倉田がいるかどうか見てくれ」

そう言い残し、唐十郎は室町通りのなかほどを五人の男にむかって歩を進めた。助造も肩を並べて歩きだした。

「やつだ！」

叫んだのは、長身で顎のとがった男だった。

その声で、五人の男の足がとまった。一瞬、男たちは仲間の顔を見合ったが、なかほどにいた巨漢の男が、

「やれ！」

と、声を上げた。

髭が濃く、眉が太かった。目のギョロリとしたいかつい顔の男である。黒鞘の大刀を一本だけ落とし差しにしていた。この男が、五人のなかでは頭格らしかった。

五人の男がバラバラと駆け寄り、唐十郎と助造を取りかこんだ。

往来の通行人たちが、悲鳴を上げて逃げ散った。通り沿いの店先からも、斬り合いだ！　巻き添えを喰うぞ！　などという声が聞こえ、騒然となった。

「うぬらか、おれたちの仲間を斬ったのは」

巨漢の男が、野太い声で訊いた。

「おれが斬ったのは、野良犬だ」

「なに、野良犬だと」

巨漢の男の顔色が変わった。

「そうだ」

唐十郎は、すばやく視線をまわして五人の腕のほどを見て取った。

……そこそこ遣えるのは、ふたりか。

正面に立った巨漢の男と、助造と相対している小柄な男の腰が据わっていた。他の三人は腰が浮き、体が硬かった。それほどの遣い手ではないようだ。

「おれたちは、夷《えびす》どもからわが国を守らんとする尖兵《せんぺい》だぞ」

巨漢の男が憤怒に顔を染めて怒鳴った。

「どうでもいいが、商家から金を脅し取るようなことはやめるんだな」

唐十郎は、表情も変えずに言った。初めから、こんな連中と話すつもりはなかったのである。

「おのれ！　われらを愚弄《ぐろう》しおって」

巨漢の男が刀に手をかけた。

すると、まわりを取りかこんだ男たちも刀の柄を握り、抜刀体勢を取った。男たちの双眸《そうぼう》が血走っている。獲物を前にした野犬のようである。

「やるか」

唐十郎は刀の柄に右手を添え、居合腰に沈めた。

同じように助造も、居合の抜刀体勢を取っている。

「こいつら、居合を遣うぞ!」

声を上げたのは、長身の男だった。

「すこし、間を取れ!」

叫びざま、巨漢の男が抜刀した。

その声で、まわりにいた男たちが後じさって間合を取り、次々に刀を抜きはなった。唐十郎たちの居合に対し、間合を取って抜きつけの一撃をかわそうとしたらしい。

唐十郎は、抜刀体勢を取ったまま周囲の敵に目を配り、それぞれの敵との間合と、斬撃の気配を読みとった。

……初手は左手の男か。

左手の中背の男は、八相《はっそう》に構えていた。全身に斬撃の気配がみなぎっている。いまにも、斬り込んできそうだ。

正面の巨漢の男は、上段に構えていた。大きな構えで、巨体とあいまって上からおおいかぶさってくるような威圧がある。

おそらく、巨漢の男は二の手にくるだろう、と唐十郎は読んだ。左手の男の斬撃を受けようとして動いたときに、斬り込んでくるにちがいない。

右手の長身の男は間合が遠く、腰も引けていた。すぐには、斬り込んでこられないはずだ。

……稲妻と浪返を遣う。

稲妻は、上段に構えた敵の胴を狙って、抜きつけの一刀を踏み込みざま横一文字に払い、腹を浅斬りに薙《な》ぐ技である。

唐十郎が先に仕掛けた。足裏を擦るようにして、巨漢の男との間合をつめ始めた。一気に剣気が高まり、息づまるような緊張が男たちをつつむ。

唐十郎は巨漢の男との間合を読みながら、抜きつけの一刀をはなつ機をうかがった。居合は、抜刀の迅さと間合の読みが大事である。一瞬の迅さと、一寸の間が勝負を決するのだ。

唐十郎は一足一刀の間境に踏み込んだ刹那、

タアッ！

鋭い気合を発し、抜きつけた。

シャッ、という刀身の鞘走る音とともに、閃光が横一文字に疾《はし》った。

迅い！

巨漢の男が上段から真っ向へ斬り下ろそうとした刹那、唐十郎の切っ先が腹を横に斬り裂いた。まさに、一瞬の稲妻のような斬撃である。

巨漢の男が驚愕に目を剝き、棒立ちになった。腹部の着物が裂け、あらわになった腹に赤い血の線が浮いている。だが、浅手だった。

唐十郎は、わざと浅斬りにしたのだ。深く腹をえぐると、刀の動きがとまってしまう。稲妻の狙いは、正面の敵の出足をとめることにあるのだ。

唐十郎は、すばやい動きで反転した。浪返の体捌きである。

イヤアッ！

左手にいた中背の男が斬り込んできた。

八相から真っ向へ。

だが、唐十郎の動きの方が迅かった。右手に跳びながら、掬《すく》うように刀身を逆袈《ぎやくげ》裟《さ》に撥《は》ね上げた。

中背の男の切っ先が、唐十郎の肩先をかすめて空を切り、唐十郎の切っ先は男の脇腹を斜に斬り上げた。

唐十郎は左手の脇をすり抜け、間合を取って反転した。

中背の男は、絶叫を上げて泳いだ。脇腹が裂け、血がほとばしり出ている。男はよろめきながら、路傍へ逃げた。歩けるところを見ると、臓腑を截断《せつだん》するような深い傷ではなさそうだ。

唐十郎はすばやい動きで右手の長身の男に体をむけ、脇構えにとった。長身の男は恐怖に顔をしかめて、後じさった。

一方、助造も仕掛けていた。対峙した小柄な男に、抜きつけの一刀をみまったようだ。男の半顔が、赤い布を張り付けたように染まっていた。片耳がない。助造の切っ先が、耳を斬り落としたようだ。

男は苦痛に顔をゆがめて後じさった。刀を青眼に構えていたが、切っ先が大きく揺れ、腰も浮いていた。すでに、勝負はあったようである。

「ひ、引け!」

巨漢の男が悲鳴のような声を上げ、腹を押さえて逃げだした。

他の四人も、その場から逃げ散った。脇腹を斬られた男と顔を血に染めた男も、よろめきながら逃げていく。

路傍から歓声が上がった。離れた場所で見ていた通りすがりの者や近所の住人たちである。なかには、逃げる男たちの背にむけて石を投げる者や罵声をあびせる者もいた。夷誅隊に対する日頃の鬱憤《うつぷん》のあらわれであろう。

「お師匠、夷誅隊もたいしたことはありませんね」

助造が、昂《たかぶ》った声で言った。目が異様にひかっている。真剣でひとを斬った興奮が冷めていないようだ。

「いや、いままでの連中は雑魚《ざこ》だ」

「雑魚……」

「そうだ。夷誅隊のなかには、骨のあるやつもいるはずだ」

おそらく、夷誅隊のなかには、尊皇攘夷を実現するために命を賭けている国士もいるだろうし、剣の遣い手もいるはずだ。現に、北辰一刀流の遣い手である倉田は姿を見せていないのだ。

2

津島屋から一町ほど先に慶泉寺《けいせんじ》という古刹《こさつ》があった。

静かな寺である。境内《けいだい》の周囲は、築地塀《ついじべい》でかこわれていた。人影はすくなく、ときおり境内で近所の子供が遊んでいたり、裏手の墓地に墓参りにくる者を見かける程度である。

助造と新之助は、慶泉寺の境内に来て剣術の稽古をするようになった。稽古といっても、真剣を振ったり、竹を斬ったりするだけだったが、敵討ちに際し、新之助が自在に真剣を遣えるようにするためである。

住職には津島屋の久兵衛が事情を話し、本堂の脇の空き地を使わせてもらう許しを得ていた。

ふたりは真剣を手にし、襷《たすき》で両袖を絞り、袴の股立を取っていた。

「小杉どの、まず、素振りからだ」

助造が言った。

「はい」

新之助は唐十郎と助造に対し、門人のような物言いをした。大身《たいしん》旗本の嫡子ではあったが、若年だし、敵討ちの助太刀をしてもらうという立場であったからだ。

新之助は真剣を振り始めた。二年ほど、剣術道場で稽古をしていただけあって、姿勢もよかったし、腰も据わっていた。

「振り下ろすとき、手の内を絞るように」

助造が声をかけた。刃筋が立っていない、とみたのである。真剣の場合、刃筋が乱れるとうまく斬れないのである。

「は、はい」

新之助は振りかぶると、手の内を絞って斬り下ろした。

「それなら、斬れる」

新之助は、エイ、ヤッ、と短い気合を発しながら、真剣を振りつづけた。小半刻(三十分)ほどすると、新之助の顔が紅潮し、汗が浮いてきた。

「素振りは、これまでだ。……次は竹を斬る」

助造は津島屋の下男に金を渡して細い真竹を調達してもらい、境内の隅に運んでおいてあった。

真剣で、竹を斬るのである。竹や藁束《わらたば》などを斬ることによって腰が据わり、刃筋も立つようになるのだ。ちなみに、直径一寸(約三センチ)ほどの竹がみごとに斬れれば、ひとも斬れるといわれている。

助造は、空き地の隅に数本の竹を立てた。

「竹をひととみて、斬ってみてくれ」

「はい」

ヤアッ！　と気合を発し、新之助が袈裟に刀を振り下ろした。

ガツ、とにぶい音がひびき、立てた竹の上から一尺ほどが、折れたようにまがった。截断できなかったのだ。

刃筋が立っていなかったことにくわえ、物打《ものうち》からもはずれていた。物打は刀の切っ先から三寸ほど下の部分のことで、物を斬る場合、主にこの部分が使われる。

「小杉どの、見ていろ」

助造は竹の前に立つと、振りかぶりざま斬り下ろした。

スカッ、とかるい音がし、一尺ほどの竹片が虚空に飛んだ。地面に立てられた竹が、綺麗な白い切り口を見せている。

「竹を倉田とみて、斬るといい」

助造がもっともらしい顔をして言った。

「はい」

ふたたび、新之助は竹を斬り始めた。

新之助が五、六本の竹を斬ったときだった。寺の山門の方で、「女、こっちへこい」と男の胴間声がし、つづいて、「い、いやどす！」と女の悲鳴のような声が聞こえた。

カッ、カッ、と乱れた下駄の音がひびき、男の下卑《げび》た笑い声も聞こえた。

「女を手籠《てごめ》にでもする気か」

助造は、山門の方へ駆けだした。

新之助も慌てて手にした刀を鞘に納めると、助造の後につづいた。

山門の前に、一見して無頼《ぶらい》浪人と分かる風体の男がふたりいた。若い娘の手を握り、山門の方へ連れ込もうとしている。

「か、堪忍しておくれやす」

娘は必死に、男の手を振りほどいて逃げようとしていた。

「待て！」

助造が声をかけ、小走りに娘の手を握っている浪人に近付いた。

「な、なんだ！　きさま」

男が怒声を上げた。

三十がらみであろうか、赭黒い顔をし、眉が濃く、大きな口をしていた。もうひとりは、頬がこけ、狐《きつね》のような細い目をしていた。

「通りすがりの者だ。その手を離せ」

助造が男を見すえて言った。

「いらぬ口出しをすると、命はないぞ」

男が恫喝するように言った。

「いいから、手を離せ」

「おのれ！」

男は娘の手を離すと、助造の前にまわり込んできた。顔が憤怒で、ゆがんでいる。

娘は泳ぐような格好で、助造の後ろの山門の方に逃げた。

新之助は、もうひとりの狐のような目をした男の前に近付いた。眦《まなじり》を決したような顔をしている。

助造と男との間合は、四間ほどあった。まだ、抜きつけの一刀をはなつには遠過ぎる。

イオアッ！

突如、助造は裂帛の気合を発し、疾走した。

小宮山流居合、中伝十勢の技のひとつ、虎足である。

虎足は、虎のごとく迅く果敢《かかん》に敵にむかって疾走《しっそう》し、走りざま抜きつけて仕留めるのである。

助造は、新之助がもうひとりの男と斬り合いになる前に、赭黒い顔をした男を斬ろうと思ったのだ。

助造は走りながら左手で刀の鯉口《こいぐち》を切り、腰を沈めて抜刀体勢をとった。

「く、くるか！」

男が慌てて刀を抜いた。

助造は一足一刀の間合にせまるや否や抜きつけた。

シャッ、という刀身の鞘走る音とともに、腰元から閃光がはしった。

男は、アッ、と声を上げ、助造の斬撃を受けようとして刀を振り上げたが、間にあわなかった。

ザクリ、と男の肩先から胸にかけて着物が裂け、あらわになった胸に血の線がはしった。

男は絶叫を上げてのけ反り、後ろへよろめいた。傷口から噴出した血が、上半身を赤く染めていく。

助造は男にかまわず、すばやい体捌きで反転すると、新之助と相対している細い目の男の脇に疾走した。

ワアアッ！

男は悲鳴のような声を上げて駆けだした。助造が、一撃で仲間を斬ったのを見たのであろう。すでに、男に戦意はなかった。手にした刀をひっ提《さ》げたまま、バタバタと逃げだした。

「た、助けて……」

助造の斬撃をあびた男も、よろめきながら逃げていく。肩口から胸にかけて、血に染まっているが、逃げる力はあるようだ。

助造は刀に血振りをくれて鞘に納めると、山門の前で震えている娘に近付いた。娘の顔が紙のように蒼ざめている。

「大事ないか」

助造は静かな声で言った。娘の恐怖をすこしでもやわらげてやろうと思ったのだ。

「は、はい……」

娘は助造を見上げて小声で言った。

色白の娘だった。十六、七歳であろうか。黒瞳《くろめ》が怯えたように揺れている。うりざね顔で、花弁のような形のいいちいさな唇をしていた。

まだ、少女のような面立ちだったが、胸の膨らみや腰のくびれには女を思わせるやわらかな線があった。

……京の娘《こ》か。

美しい、と助造は思った。清楚《せいそ》ななかにも、花のような色香があった。もっとも、武州の百姓の倅に生まれ、江戸に出てからも無骨な男と接することの多かった助造だからこそ、そう目に映ったのかもしれない。

「け、怪我は、ないようだな」

助造が訊いた。すこし声が上ずっている。

「はい……。お侍さまのお蔭どす」

娘が震えを帯びた声で言った。顔が、朱を刷《は》いたように染まっている。助造が、凝《じっ》と見つめていたからであろう。

「名は？」

助造が訊いた。

「初《はつ》どす」

「家は、どこだ。送ってやろう」

「三条通りの木村屋《きむらや》どす。……うち、ひとりで帰りますよって」

お初によると、通り沿いの旅籠だという。

「それなら、三条通りまで送ろう」

三条通りは、人通りが多かった。そこまで行けば、男に襲われるようなことはないはずである。

「すんまへん」

お初は、助造と新之助の後を跟《つ》いてきた。

三条通りまで出たところで、

「お侍さま、お名前を教えておくれやす」

お初が、助造を見つめて言った。

「箕田助造」

助造は、身分も生国も口にしなかった。出自が、百姓であることは伏せておきたかったのである。

「箕田さま……」

お初は、ちいさな声でつぶやくと、あらためて助造と新之助に礼を言ってから、離れていった。

「京の女《ひと》ですね」

新之助が、去っていくお初の背に目をむけたまま言った。

「ああ……」

助造は路傍に立ったまま魅入られたように、お初の背に目をむけていた。

「剣術の稽古をつづけましょう」

新之助が言った。当然のことながら、新之助にとって何より大事なのは、父の敵討ちである。

「そうだった」

助造は、お初の背から目を離して言った。

3

その日、唐十郎は、助造と新之助に同行して慶泉寺に出かけた。津島屋の隠居所にいてもやることがなかったのである。

半刻(一時間)ほど、口を出さずに新之助が真剣を遣うのを見ていたが、いても仕方がないので本堂の前に来て階《きざはし》に腰を下ろした。

いっとき、何気なく山門に目をやっていると、ふたりの男が山門をくぐり、境内に入ってきた。久兵衛と商家のあるじらしい男である。

久兵衛は本堂の階に腰を下ろしている唐十郎に気付くと、いっしょに来た男に何やら声をかけ、唐十郎に近付いてきた。

「おれに、何か用か」

唐十郎は腰を下ろしたまま訊いた。

「はい。……こちらは、吉蔵《よしぞう》さんです」

久兵衛が、脇に立っている男に目をむけて言った。

「吉蔵ともうします。三条通りで、木村屋という旅籠をやっておりやす」

そう言って、吉蔵は唐十郎に頭を下げた。

五十がらみだろうか。痩身で、面長の男だった。顔に不安そうな翳《かげ》が張り付いている。

「それで？」

助造が聞いたら、すぐにお初の父親だと分かっただろうが、唐十郎は助造から娘を助けたという話をされただけで、木村屋のことまでは聞いてなかったのだ。

「娘を助けていただき、なんとお礼を申せばよろしいやら……」

吉蔵が恐縮して言った。訛《なまり》はあったが、京都弁ではなかった。おそらく、旅人相手の旅籠なので、相手に応じて言葉を使うことができるのだろう。

「ああ、それなら助造だ」

唐十郎が立ち上がると、

「狩谷さまにも、お話を聞いて欲しいそうです」

久兵衛が言い添えた。

「ともかく、助造を連れてこよう」

唐十郎は本堂に足を運び、助造に、この場に来るように声をかけた。新之助は、そのまま真剣で地面に立てた竹を斬っている。

吉蔵は助造を前にして、あらためて礼を言った後、

「どうか、初を助けてくださいまし」

と、切羽つまったような顔をして言った。

「どういうことだ」

唐十郎が訊くと、

「わたしから、お話ししましょう」

久兵衛が後をとって、話し始めた。

木村屋は、半年ほど前から夷誅隊に何かと因縁をつけられて困っているそうだ。金だけでなく、ひとり娘のお初が目当ての者がいるという。お初を自分の情婦《いろ》にしようという下心があって、難癖をつけては、お初を連れていこうとするそうだ。

「あのときもそうか」

助造が声を上げた。

「はい、箕田さまのお蔭で助かりました」

吉蔵が言った。

「それで、おれたちに何をさせようというのだ」

唐十郎が話の先をうながした。

「夷誅隊の者を追い払ってもらえませんか」

吉蔵が唐十郎に目をむけて、訴えるように言った。

「木村屋さんは、箕田さまに娘さんを助けていただいただけでなく、狩谷さまが、うちの店にきた夷誅隊の者をみごとに追い払ったことも耳にされたようです。それで、おふたりのお力を、貸して欲しいと思われたようですよ」

久兵衛によると、唐十郎と助造が夷誅隊の者を追い払ったことは、界隈《かいわい》で噂になっているという。

「ここにいつ来るか、分かっているのか」

唐十郎が訊いた。

「分かりません。ですが、ここ数日のうちに来るはずです」

吉蔵によると、お初に言い寄っている男が三人ほどいて、何かと理由をつけては、十日に一度ほどは旅籠に姿を見せるそうだ。それで、しばらく木村屋に滞在してもらいたいという。

「だが、おれたちのような者が寝泊まりしていては、商売にかかわるだろう」

「いいえ、うちは旅籠でございます。お客さまとして、お泊まりいただければ、商売に差し障《さわ》りはございません」

そのとき、唐十郎と吉蔵のやり取りを聞いていた助造が、

「承知した」

と、身を乗り出すようにして言った。

「まァ、いいだろう」

唐十郎は、苦笑いを浮かべて言った。助造には、別の魂胆がありそうだ、と思ったが、夷誅隊を討つにはいい機会かもしれない。

「ありがとう存じます」

吉蔵は唐十郎と助造に頭を下げてから、

「これは、お礼の気持ちでして」

そう言って、懐から袱紗《ふくさ》包みを取り出した。そして、唐十郎が腰を下ろしている階の上に置いた。ふくらみ具合から見て、切り餅が四つ、百両つつんでありそうだっ

た。

「いただいておく」

唐十郎は、袱紗包みを手にした。遠慮することはなかった。旅籠と娘を守る用心棒に雇われたと思えばいいのである。


唐十郎、助造、新之助の三人は、その日から木村屋に寝泊まりすることになった。木村屋は、三条通り沿いにあった。高瀬川《たかせ》にかかる三条小橋から数町離れた場所にあり、大小の旅籠や料理屋などが軒を連ねる賑やかな通りである。

木村屋は老舗《しにせ》の大きな旅籠だった。二階建てで一階には帳場、台所、それに客間が三部屋あった。さらに、旅籠と隔離された奥にも三部屋あり、そこで吉蔵の家族が暮らしていた。家族は吉蔵と女房のお勝《かつ》、娘のお初、それに祖父がいた。嫡男もいたそうだが、四年前に流行病《はやりやまい》で亡くなったそうである。

唐十郎と助造は、二階の隅の部屋に寝泊まりすることになった。二階には、大小の客間が六部屋ある。

木村屋での暮らしは悪くなかった。おしげという女中が身のまわりの世話をしてくれたし、連日、客に出す料理や酒が唐十郎たちにも用意されたのだ。

唐十郎たちが木村屋で寝泊まりするようになって四日経《た》った。助造は午前中だけ慶泉寺に出かけて、新之助の稽古相手をしていた。それに、ときおりお初と逢っているようだった。もっとも、ふたりで三条通りを鴨川辺りまで話しながら歩いたり、店の裏手の路地で立ち話をしたりするだけで、まだ逢引とはいえるようなものではなかった。

4

唐十郎が二階の座敷で横になっていると、突然、階下で男の荒々しい声が聞こえ、つづいて、階段を駆け上がる足音がひびいた。

……来たな！

唐十郎は、かたわらに置いてあった刀をつかんだ。

助造も異常を察知し、刀を手にして立ち上がった。

足音は障子の向こうでとまり、

「だ、旦那、来てくんなはれ！」

という声が聞こえた。木村屋の番頭、松造《まつぞう》である。

すぐに、唐十郎が障子をあけた。

「夷誅隊の者か」

「へい」

「何人だ」

「四人でおます」

「よし」

唐十郎は刀をつかんだまま廊下に出た。助造がつづく。

松造につづいて、階段を駆け下りると、板敷の先の土間に立っている四人の武士の姿が見えた。板敷の間には、吉蔵が座っていた。顔がひき攣っている。

吉蔵は四人の武士とやり取りをしていたようだが、唐十郎と助造が姿を見せると、

「か、狩谷さま、箕田さま、お願いいたします」

と、震えを帯びた声で言い、後ろへいざった。

「赤沢《あかざわ》さん、こいつらだ！」

狐のような細い目をした男が叫んだ。慶泉寺でお初を手籠にしようとした男である。もうひとり、唐十郎が津島屋から追い返した長身の男もいた。

どうやら、唐十郎たちに痛い目にあわされた浪人ふうのふたりは他のふたりに、唐十郎や助造のことを話したようだ。

唐十郎はすばやく四人の男に目をやった。まず、倉田がいるかどうか見たが、それらしい男はいなかった。

浪人ふうのふたりは、着古した小袖によれよれの袴姿で、無精髭を伸ばしていた。いかにも、無頼浪人といった感じだった。他のふたりは、羽織袴姿で二刀を帯びていた。こちらは、幕臣か大名の家臣といった身装《みなり》である。

「おぬしの名は」

四人のなかほどにいた中背の男が、唐十郎に目をむけて誰何《すいか》した。赤沢と呼ばれた男である。

赤沢の双眸はするどく、腰が据わっていた。体ががっちりして、首が太く、胸が厚かった。武芸の修行で鍛え抜いた体のようだ。

もうひとりの羽織袴姿の男は、大柄だった。眉の濃い、武辺者らしい面構えで、どっしりとした腰をしていた。この男も遣い手のようだ。

どうやら、浪人体のふたりが腕の立つ仲間をふたり連れて、木村屋に乗り込んできたらしい。

「おぬしから、名乗れ」

唐十郎が言った。

「よかろう。……甲州のさる大名の家臣、赤沢豊次郎《とよじろう》。もっとも、脱藩したのだから、浪人だな」

赤沢が口元に薄笑いを浮かべて言った。大名家の名は伏せておきたいようだ。

「薩摩浪人、鹿内主膳《しかうちしゆぜん》」

大柄な武士が名乗った。

「おれは、狩谷唐十郎、生まれながらの浪人だ」

唐十郎が名乗ると、

「箕田助造」

と、助造がつづいた。

「それで、おぬしらは、なぜ木村屋にいる」

赤沢が訊いた。

「おぬしらのような兇賊を成敗するために、雇われた用心棒でな」

唐十郎は抑揚のない声で言った。

「兇賊だと。……われらは、夷から国を守るために命を賭している浪士だぞ。御所から攘夷の勅諚《ちょくじょう》を得て、攘夷決行の兵を挙げるためには軍用金が必要なのだ。商家から多少の金を都合してもらうのは、そのためだ」

赤沢が昂った声で言った。

「商家を脅して金を強請《ゆす》り、町娘を手籠にするような輩が、兇賊でなくてなんだ」

唐十郎が言った。

「強請りではない。借財だ」

「返す気のない借金か」

「いずれにしろ、われらの邪魔をする者は斬らねばならん」

赤沢が唐十郎を見すえて言った。

すると、他の三人の顔がけわしくなり、いっせいに刀の柄に手を添えて身構えた。

唐十郎と助造にむけられた目が殺気だっている。

「やるしかないようだな」

唐十郎は助造に目配せした。

「うぬら、幕府の走狗《そうく》だな」

鹿内が、吼《ほ》えるような声で訊いた。

「おれたちが走狗なら、おぬしらは京の都に跳梁《ちょうりょう》跋扈する悪鬼であろう」

「問答無用!」

鹿内が刀に手をかけた。

「ここは、狭過ぎる。表へ出ろ」

唐十郎が言った。

「おお!」

鹿内が声を上げ、戸口から外へ飛びだした。

すぐに、赤沢たち三人がつづいた。唐十郎と助造は戸口の草履を履き、敵との間合を見ながらゆっくりと外へ出た。

表通りを歩いていた通行人たちが、顔色を変えてばらばらと路傍へ逃げ散った。店先に姿をあらわした六人のただならぬ気配を察知したらしい。女の悲鳴や逃げ惑う足音がひびき、斬り合いだ! 逃げろ! などという声が、通りのあちこちから聞こえた。

「助造、油断するな。できるぞ」

唐十郎が低い声で言った。赤沢と鹿内は、遣い手だとみてとったのである。

「はい」

助造がけわしい顔でうなずいた。

5

唐十郎は赤沢と対峙した。およそ三間半ほどの間合である。まだ、ふたりとも刀を抜いていなかった。

長身の男が、唐十郎の左手にまわり込んできた。すでに抜刀し、切っ先を唐十郎にむけているが、間合は四間ほどもあった。それに、腰が引けている。斬り込んでくる気配はなさそうだ。

助造は鹿内と向き合っている。ふたりとも、抜刀体勢を取っているが、まだ抜いていなかった。

もうひとりの目の細い男は、鹿内の右の後方にいた。この男も、刀の柄を握りしめて抜く構えを見せている。

「おぬし、居合を遣うそうだな」

赤沢が訊いた。

「いかにも」

「流派は?」

「小宮山流」

「おれは、心形刀流《しんぎょうとうりゅう》を遣う」

赤沢がゆっくりとした動作で刀を抜いた。

心形刀流の道場は江戸にあり、道場主は伊庭軍兵衛秀業《いばぐんべえひでなり》。心形刀流は、千葉周作の北辰一刀流、斎藤弥九郎の神道無念流、桃井春蔵の鏡新明智流と並び、江戸の四大流派と称され、多くの門人を集めていた。赤沢は上洛する前は江戸の藩邸にいて、伊庭道場で修行したのであろう。

「いくぞ！」

赤沢は青眼に構え、切っ先を唐十郎の目線につけた。

……できる！

唐十郎は、背筋を冷たい物で撫でられたような気がした。

赤沢の切っ先は、ピタリと唐十郎の目線につけられていた。剣尖《けんせん》が眼前に迫ってくるように見え、赤沢の姿が遠ざかったように感じられた。剣尖の威圧で、間合を遠く見せているのだ。

唐十郎は刀の柄に右手を添え、居合腰に沈めた。抜刀体勢を取ったのである。

一方、助造も居合の抜刀体勢をとっていた。対する鹿内は、八相に構えている。

……蜻蛉《とんぼ》の構えか！

助造は察知した。

八相とはちがう。子供が打ちかかろうとして右手に持った棒を振り上げ、それに左手を添えたときの構えである。「蜻蛉の構え」と呼ばれる示現《じげん》流独特の構えだった。すでに、助造は江戸で蜻蛉の構えを目にしたことがあったので、すぐにそれと分かったのだ。

示現流の流祖は、東郷重位《とうごうじゆうい》（重位《しげかた》とも）である。東郷は示現流を薩摩にひろめ、藩内では御流儀示現流と呼ばれ、他流を学ぶ者がいないほど盛んであった。薩摩藩士の多くが、示現流を身につけている。

……遣い手だ！

助造は身震いした。

鹿内の構えは、その大柄な体とあいまって、巨岩が迫ってくるような迫力があった。

だが、助造は身を引かなかった。ここは、鹿内と立ち合うより他ないのである。

「いくぞ！」

鹿内は足裏を擦るようにしてジリジリと間合をつめてきた。助造は動かなかった。抜刀体勢をとったまま、鹿内が居合の抜きつけの一刀をはなつ間合に踏み込んでくるのを待っている。

唐十郎は、すり足で赤沢との間合をつめ始めた。赤沢との勝負を長引かせることはできなかった。唐十郎は鹿内の蜻蛉の構えを目にして、助造が後れをとるかもしれない、とみたのである。

赤沢は微動だにしなかった。気を鎮めて、唐十郎の動きと間合を読んでいる。唐十郎と赤沢の間合がせばまるにつれ、ふたりの間の剣気が高まってきた。時のとまったような緊張と静寂がふたりをつつんでいる。

唐十郎の右足が斬撃の間境に踏み込むや否や、つつッ、と赤沢が身を引いた。すかさず、唐十郎が間合をつめる。と、赤沢は、半歩左手に身を移した。後を追うように、唐十郎が左手に動く。すると、赤沢は背後に身を引いた。

……こやつ、おれを焦《じ》らしている。

と、唐十郎は察知した。

それにしても、絶妙な間積もりである。赤沢は間合を正確に読み、唐十郎を斬撃の間境に踏み込ませないのだ。

……ならば、虎足を遣う。

唐十郎は虎足の俊敏な寄り身で赤沢に急迫し、抜きつけの一刀で勝負を決しようとした。

と、そのとき、唐十郎の背後に走り寄る複数の足音がひびき、

「待てい!」

と、男の声が聞こえた。

唐十郎はすばやく身を引き、赤沢との間合を取ってから、近付いてくる足音の方へ目をやった。赤沢も構えをくずして、声のした方に顔をむけた。

五人の武士だった。羽織袴姿の者がふたり、他の三人は小袖に袴姿だった。浪人ではないようだ。幕臣か藩士であろう。

「ここは、天下の大道、双方とも刀を引け!」

羽織袴姿の武士が、強い声で言った。

三十がらみであろうか。頤《おとがい》の張ったいかつい面構《つらがま》えの男である。

「そこもとたちは?」

唐十郎が訊いた。

夷誅隊の者ではないようだ。男たちに、殺気はなかった。

「われらは長州藩士だが、いまは浪々の身」

羽織袴姿の武士が言った。すると、他の四人がちいさくうなずいた。いずれも、長州藩士だった者らしい。

「この者たちは夷誅隊だが、そこもとたちも仲間か」

唐十郎が訊くと、武士たちの顔色が変わった。

武士のひとりが、赤沢たちに目をむけ、

「うぬらか！　攘夷を叫び、夜盗のような振る舞いをしておる者たちは」

と、怒りの色をあらわにして声を上げた。他の四人も気色ばみ、刀の鯉口《こいぐち》を切った者もいる。

どうやら五人の武士は、夷誅隊に強い反感をもっているようだ。

赤沢や鹿内の顔に狼狽《ろうばい》の色が浮き、抜き身を手にしたまま後じさった。

「この場は引け！」

赤沢が声を上げ、反転して駆けだした。

鹿内と他のふたりも、抜き身を手にしたまま走りだした。

大柄な武士たちは渋い顔をして逃げる赤沢たちに目をむけていたが、

「そこもとは、公儀の者か」

と、大柄な武士が唐十郎に訊いた。

「いや、ただの浪人だ。たまたま、この旅籠に宿をとり、あの男たちの理不尽な振る舞いを見て、成敗してやろうと思っただけのことだ」

唐十郎は面倒なので、木村屋から用心棒を頼まれた経緯は口にしなかった。

「ご尊名を聞かせていただけようか」

大柄な武士が誰何した。

「かまわぬが、そこもとから名乗るのが筋でござろう」

「もっともだ。……それがし、長州浪士、牧野久八郎《まきのくはちろう》。ここにいるのは、いずれも長州藩の家臣だった者だ」

牧野が言うと、四人の武士がうなずいた。

「狩谷唐十郎、生まれながらの浪人だ」

「箕田助造」

唐十郎につづいて助造が名乗った。

「われらも、尊皇攘夷を標榜する者だが、夷誅隊には手を焼いておる。きゃつらのやり方は、盗賊や無頼の徒と変わらぬ。われらを、夷誅隊と同じ目で見てもらいたくないのだ」

牧野が苦々しい顔で言った。

「うむ……」

唐十郎は、長州、土州《どしゅう》、薩州などの藩士で、尊皇攘夷を信奉し、郷里を捨てて上京した者たちのなかに、純粋に国のために一命を擲《なげう》つ覚悟で活動している浪士が多数いることを知っていた。この男たちも、そうした浪士であろう。

「いずれ、どこかで、そこもととは顔を合わせることがありそうだ」

牧野はそう言うと、きびすを返して歩きだした。

四人の男が牧野にしたがって、離れていく。

「浪士のなかにも、骨のある漢《おとこ》がいる……」

唐十郎は、牧野の背を見つめながらつぶやいた。

6

スカッ、と乾いた音がひびき、竹片が虚空に飛んだ。

新之助が真剣をふるって、地面に立てた竹を斬り落としたのだ。ささくれのない綺麗な斬り口である。

「それなら、ひとも斬れる」

唐十郎が、手にした祐広を下ろして言った。

唐十郎、助造、新之助の三人は、慶泉寺の境内に来ていた。本堂の脇の空き地で真剣を遣って稽古をしていたのである。

この日、唐十郎も来て、愛刀の祐広を振っていた。このところ、剣術の稽古から遠ざかっていたこともあり、体がなまっていた。それで、体の切れをとりもどそうと思ったのだ。居合は、一瞬の反応と体の切れが何より大事である。

唐十郎が赤沢や鹿内と顔を合わせて、五日経っていた。ふたりは強敵である。唐十郎はちかいうちに、ふたりと切っ先を合わせることがあるだろうとみていた。そのとき、思わぬ不覚を取らぬためにも、体の切れをとりもどしておかねばならない。

それに、木村屋の吉蔵には、慶泉寺にいると話してあった。木村屋から慶泉寺まで十町ほどである。赤沢たちが姿を見せれば、若い衆が走って知らせにくる手筈《てはず》になっていたので、すぐに駆け付けられるだろう。

「次は、遠間から身を寄せざま斬ってみるといい」

実際の立ち合いになれば、新之助は斬撃の間合の外から踏み込んで、倉田に斬り込むことになるだろう、と唐十郎はみていた。

「はい」

そう言うと、唐十郎は新之助からすこし離れ、あらためて祐広を振り始めた。

助造も真剣を腰に差し、居合の抜刀の稽古をしていた。鹿内と対峙し、このままでは斬られる、と感じとったにちがいない。それで自分も、居合の稽古をしようと思いたったようだ。

それから、半刻（一時間）ほど稽古をつづけたとき、津島屋のおまつと下男の茂平《もへい》がやってきた。おまつは風呂敷包みをかかえ、茂平は貧乏徳利をふたつ提《さ》げていた。

「一休みして、おくれやす」

おまつが、唐十郎たちに声をかけた。

昼食を持ってきてくれたらしい。津島屋の久兵衛は、唐十郎が慶泉寺に来るようになってから、気をきかせて弁当を届けてくれるようになった。久兵衛には、店に夷誅隊の者が来れば、唐十郎たちに話して追い払ってもらいたいとの思惑があるようだ。

弁当は握りめしだった。三人分、竹の皮につつんである。

「その徳利は」

助造が茂平に訊いた。

「酒でおます」

茂平が助造を上目遣いに見ながら言った。
二十四、五であろうか。小柄で、色の浅黒い男だった。すこし猫背で、ひとを上目遣いに見る癖《くせ》がある。
「すまんな」

久兵衛が、気をきかせて酒も持たせてくれたらしい。

「どうだ、夷誅隊は姿を見せんか」

唐十郎が茂平に訊いた。

「へえ」

茂平は首をすくめ、ちかごろ津島屋には姿を見せなくなった、と小声で言った。

唐十郎たちは、腹ごしらえし一休みしてから、また刀を振り始めた。

おまつと茂平が帰ってしばらくすると、山門の方から本堂の前に近付いてくる人影が見えた。巡礼姿の咲である。

咲は、唐十郎の前に姿をあらわし、ちいさくうなずいた。伝えたいことがある、と合図を送ったのだ。

「おれは、先に木村屋に帰るぞ」

唐十郎は刀を鞘に納めた。

助造は本堂の方へ目をやり、咲の姿に気付いたが、何も言わなかった。助造も、咲のことは知っていたのだ。

新之助は咲に気付かず、唐十郎に言われたとおり、すこし遠間から身を寄せて竹を斬っている。

唐十郎は、咲が山門から出て行ったのを見てから山門をくぐった。

咲は路傍に立って、唐十郎が近付くのを待っていた。

唐十郎が咲の脇を通り過ぎると、

「お耳に入れておきたいことがございます」

咲が、唐十郎の後ろをついてきながら小声で言った。

「なんだ」

唐十郎は歩をとめなかった。

「夷誅隊の者は、唐十郎さまたちが、慶泉寺で剣術の稽古をしていることを知っているようです」

咲によると、うろんな浪人が、唐十郎の跡を尾けたり、慶泉寺の山門の陰から境内を覗いたりしていたという。

「いずれ、気付かれるとは思っていた」

赤沢たちは、唐十郎と助造が木村屋にいることを知っているはずである。物陰にでも隠れて木村屋を見張り、唐十郎たちの跡を尾ければ、慶泉寺にいることはすぐに分かるだろう。

「唐十郎さまたちを襲うかもしれません」

咲が言った。

「覚悟はしている」

赤沢と鹿内は、いずれ勝負をつけなければならない相手である。他の仲間が二、三人いっしょでも、それほど気をまわすことはないだろう。

「ところで、咲」

唐十郎が、咲を振り返って言った。

「倉田の隠れ家は、つかめたか」

「それが、まだ」

咲によると、夷誅隊と思われる四人の隠れ家をつかんでいるが、江戸から京へ入った倉田とふたりの仲間の行方はつかんでいないという。四人の隠れ家は、朱雀《すざく》村の無住の荒れ寺だという。

「倉田は、どこに身をひそめているのか」

　唐十郎は、夷誅隊の者と闘っていれば、いずれ倉田も姿をあらわすとみていたのだが、なかなか姿を見せないのだ。

「夷誅隊の仲間は、まだ多数いるとみております。……倉田も、他の仲間といっしょに京に潜伏しているはずです」

「いずれ、おれを狙って夷誅隊の者が姿を見せるはずだ。咲、そいつらを尾けて、行き先をつきとめてくれんか」

「承知しました」

　咲は足をとめた。

　唐十郎との間が離れると、きびすを返して足早に遠ざかっていった。

7

　木村屋の裏手は、細い路地になっていた。その路地を挟んで、板塀でかこわれた別の町家があった。日中でもほとんど人影のない薄暗い路地である。

　助造は木村屋の背戸から路地に出ると、板塀の前に立ってお初が姿を見せるのを待っていた。

七ツ（午後四時）ごろであろうか。陽は西の空にまわっていたが、路地沿いの町家の屋根や壁には淡い蜜柑《みかん》色の陽が射していた。ただ、助造の立っている路地まで陽は射さず、薄暗かった。

小半刻（三十分）ほど前、助造が慶泉寺での稽古を終えて木村屋へもどると、戸口近くでお初が待っていた。助造は、お初と目を合わせると、ちいさくうなずいてみせた。裏の戸口で待っている、という合図である。新之助がそばにいたので、助造はお初に声をかけられなかったのだ。

お初は、かすかに顔を赤らめてうなずいた。

助造が裏路地に立っていっときすると、背戸があいて、お初が出てきた。

「堪忍、遅れてしもて」

お初が小声で言った。

「鴨川まで、行ってみないか」

助造は、鴨川の岸辺をすこし歩いてから木村屋へもどるだけの時間はあると思った。

父親の吉蔵は、お初に、どこへ出かけても陽が沈むまでには家に帰ってくるよう、きつく言っていた。夷誅隊に襲われてから、吉蔵はひとり娘のお初が心配でならないらしい。そうしたことがあって、助造も陽が沈むまでには木村屋に帰らなければならないと思っていたのだ。

お初は、助造に目をむけてうなずいた。

助造は路地を鴨川の方へむかって歩きだした。お初は、黙って助造の後を跟《つ》いてくる。お初の下駄の音が、すぐ背後で聞こえた。かすかに息の音も聞こえる。助造はお初の息の音を聞きながら歩いていると、胸がつまったようで息苦しくなってきた。

「お初さん」

歩きながら声をかけた。

「……なんどす」

「富助《とみすけ》さんは、四年前になくなったそうですね」

富助は、お初の兄だった。助造は、吉蔵から亡くなった嫡男の名を聞いていたのだ。

「高い熱が下がらずに、十日ほどで亡くなりましたんえ」

お初は小声で言って、顔を伏せてしまった。富助のことを思い出すと悲しくなるのかもしれない。

「で、でも、ご両親はやさしい方だし、お初さんは幸せです」

助造は慌てて言った。

「心配かけんようにせんと……」

お初が、つぶやいた。

そんなやり取りをしながら路地を三町ほど歩くと、左手に折れて三条通りに出た。木村屋からだいぶ離れたので、木村屋の者に見咎《みとが》められることはないだろう。

三条通りは賑わっていた。東海道を旅してきた旅人、行商人、雲水、町娘、羽織袴姿の武士などが行き交っている。

「あいかわらず賑やかだ」

助造の声がすこし大きくなった。人通りのなかに出て、かえって気が楽になったのである。

「旅人《たびにん》さんが、ぎょうさん通りますよってな」

お初も明るい声で言った。

助造とお初は、高瀬川にかかる三条小橋を渡った。鴨川はすぐである。高瀬川は、鴨川につながっているのだ。

目の前に、三条大橋が見えていた。大勢の通行人が行き来している。

助造たちは、三条大橋を渡ると、川沿いの道を川下にむかって歩いた。川沿いには町家がつづいていたが、その家並の先にはいくつもの寺があり、杜の深緑や堂塔が折り重なるように見えていた。

助造たちはゆっくりと歩いた。何か目的があったわけではない。ふたりで話しながら歩いていればそれでいいのである。

行く手の先に四条大橋が見えていた。助造は、四条大橋を渡ってから川沿いの道を川上にむかって歩き、三条大橋のたもとに出れば、陽が沈む前に木村屋に帰れるだろうとみていた。

川沿いの道を歩き始めると、お初はすこし身を寄せてきた。木村屋から離れ、人影もすくなくなったせいかもしれない。

「箕田さま」

お初が声をかけた。

「なんです?」

「箕田さまは、江戸のお生まれどすか」

「い、いや、武州です。……次男だったので、江戸に出て狩谷さまの道場の門弟になりました」

助造は、百姓の出であることは口にしなかった。武士として生きていくつもりだったし、いまさら百姓の倅だとは言えなかったのである。

「いつ、京からお帰りになるのどす」

お初が訊いた。

「分かりません」

嘘ではなかった。倉田を討つまでか、それとも夷誅隊を殲滅するまでなのか、助造には分からなかった。ただ、助造は長く京にいられればいいと思っていた。京にいれば、お初と逢うことができるのである。

「……箕田さまが、江戸へ帰られたら寂しいおす」

お初は、顔を伏せて小声で言った。

いつしか、ふたりは四条大橋まで来ていた。ふたりは橋の上で足をとめ、欄干に手を置いて川面に目をやった。

西日が浅瀬を照らし、キラキラとかがやいていた。瀬音が、ふたりの足元から聞こえてくる。助造は別世界にいるような気がした。お初とふたりで、ひかりとせせらぎの揺籃《ゆりかご》のなかにいるような気がしたのである。

助造はその場にどのくらい佇《たたず》んでいたのか、分からなかった。時の感覚がなかったのである。

夕日を反射《はね》た川面のひかりが消えかかっているのに気付き、西の空に目をやると、家並のむこうに陽が沈みかけていた。

「お初さん、帰りましょう。ご両親が心配します」

助造は慌てて歩きだした。

お初は黙って跟《つ》いてきた。ふたりは橋を渡り終えると、川沿いの道を川上にむかって歩きだした。


ふたりが四条大橋のたもとから、一町ほど遠ざかったとき、川岸の町家の陰からひとりの男が通りへ出てきた。

男は町人体だった。手ぬぐいで頰っかむりしている。縞柄《しまがら》の小袖を裾高に尻っ端折りし、股引に草履履きだった。

男は川岸の樹陰や板塀の陰などに身を隠しながら、助造とお初の跡を尾けていく。

男は、助造たちが三条大橋を渡ったときから尾けていたのだが、助造たちは跡を尾けられているなどとは思ってもみなかった。

男は助造とお初が三条大橋のたもとまで来ると、木村屋のある方へ歩きだしたのを見て、足をとめた。

……なんやね、店にもどるんかいな。

と、胸の内でつぶやくと、小走りに四条大橋の方へもどっていった。

第三章　伊賀者たち

1

唐十郎は刀の鯉口を切り、居合腰に沈めた。気を鎮めて、脳裏《のうり》に描いた赤沢の構えを見つめている。

突如、唐十郎の全身に斬撃の気がはしった。

イヤアッ!

裂帛の気合を発し、唐十郎は前に跳躍しざま抜きつけた。

刹那、キラッ、と刀身がひかった。逆袈裟に抜きつけた刀身が陽射しを反射《はね》たのである。

迅い!

そばにいた助造でさえ、唐十郎の体が飛鳥のように跳んだのを目にしただけで、その太刀捌きは見えなかった。

小宮山流居合の必殺剣、鬼哭の剣である。鬼哭の剣は前に跳びざま逆袈裟に斬り上げ、敵の首筋の血管《ちくだ》を斬るのだ。首筋から血の噴き出す音が、ヒュウ、ヒュウ、と鳴る。その音が、鬼哭のように物悲しく聞こえることから、鬼哭の剣と名付けられたのである。

ここしばらく、唐十郎は鬼哭の剣を抜いていなかった。赤沢や鹿内との勝負にそなえ、鬼哭の剣を抜いてみたのだ。

慶泉寺の境内だった。この日も、唐十郎は助造、新之助といっしょに慶泉寺に来ていたのだ。助造と新之助は、それぞれ真剣を手にして自分の稽古をしていた。

八ツ（午後二時）ごろである。風のない静かな日で、初秋の陽射しが境内に照り付けていた。

唐十郎たちは、おまつと茂平が持ってきてくれたにぎり飯で腹ごしらえをし、一休みした後、また稽古を始めたのだ。

小半刻（三十分）ほど、鬼哭の剣を抜くと、唐十郎の全身は汗ばんできた。鬼哭の剣は動きが激しいため、すこしの時間でも汗をかく。

……これまでにしよう。

そう思い、唐十郎が手の甲で、額の汗をぬぐったときだった。

山門に人影があらわれ、足音がひびいた。

唐十郎は足音の方へ目をやった。

……大勢だ！

いずれも武士で、総勢七人だった。赤沢、鹿内、木村屋に姿を見せたふたり、それに新たに三人の武士がくわわっていた。

赤沢たち七人が、唐十郎たちの方へ駆け寄ってくる。

「夷誅隊だ！」

声を上げたのは、助造だった。

新之助は、抜き身を手にしたまま身を硬くしてつっ立っていた。

赤沢たちは、一気に迫ってきた。逃げ場はない。本堂の裏手は墓地だが、築地塀で取りかこまれているのだ。

「本堂を背にしろ！」

唐十郎が叫んだ。

すぐに、唐十郎は本堂を背にして立った。敵の背後からの攻撃を避けるためである。助造と新之助も、本堂を背にした。

赤沢たちがばらばらと駆け寄り、唐十郎たち三人を取りかこむように立った。

赤沢が唐十郎の前に立ち、

「狩谷、これまでの借りを返してやるぞ」

と、睨むように見すえて言った。

「大勢でなければ、斬れんのか」

と、唐十郎。

「うぬは、おれが斬る。逃さぬように、取りかこんだのだ」

言いざま、赤沢は抜刀した。

それを見た赤沢の左右にいた男たちが、すこし身を引いた。唐十郎は、赤沢にまかせようと思ったようだ。

一方、助造には鹿内が対峙した。やはり、そばにいた三人の男は助造から離れ、新之助の方に歩を寄せた。三人がかりで、新之助を斬る気らしい。

この様子を目の端でとらえた唐十郎は、

……まずい！

と、思った。新之助の腕では、敵が三人ではどうにもならない。この場を逃げるしか助かる手はないが、唐十郎も助造も動けなかった。

「いくぞ！」

赤沢は青眼に構え、切っ先を唐十郎の目線につけた。切っ先が眼前に迫ってくるような威圧がある。

間合はおよそ三間半。まだ、抜きつける間合ではない。

……鬼哭の剣を遣う。

唐十郎は刀の柄に右手を添え、居合腰に沈めた。

気を鎮めて、赤沢との間合を読んだ。鬼哭の剣は、一瞬の反応と敵との間積もりが大事である。

そのとき、新之助がワッと声を上げて後ろに跳んだ。相対した武士が斬り込んできたのだ。

その声で、一瞬、唐十郎の視線が新之助の方へ流れた。

すかさず、と赤沢が摺《す》り足で間合をつめてきた。唐十郎の気が逸《そ》れた一瞬の隙《すき》をとらえたのである。

唐十郎は下がろうとした。鬼哭の剣をふるうには、間合がつまり過ぎたのだ。

だが、唐十郎は下がれなかった。すぐ背後に、本堂が迫っている。

赤沢の全身から痺《しび》れるような剣気がはなたれた。斬撃の気が満ち、いまにも斬りこんできそうである。

そのとき、大気を裂く音がし、赤沢の腰元をかすめて短い棒状の物が地面に突き刺さった。

棒手裏剣だ。

咄嗟《とっさ》に、赤沢は背後に跳んだ。唐十郎の居合の斬撃から逃れようとしたのだ。

ギャッ、という叫び声が上がった。

新之助に迫ろうとしていた武士のひとりが、のけ反った。背に棒手裏剣が刺さっている。

次々に、棒手裏剣と石礫《いしつぶて》が飛来し、赤沢たちを襲った。

「な、何者！」

赤沢が背後に目をやった。

築地塀沿いの樹陰、庫裏の脇、裏手寄りの墓石の陰などに黒い人影があった。何人もいる。黒い人影はすばやく動きながら、手裏剣や石礫を打っていた。

……咲たち伊賀者だ！

唐十郎は、察知した。

そのとき、また叫び声がひびき、武士のひとりがよろめいた。太腿《ふともも》に棒手裏剣が刺さっている。

「ひ、引け！」

赤沢が叫んだ。

赤沢たち七人は、手裏剣や石礫が飛来してくる方へ体をむけたまま後じさった。手裏剣をあびたふたりも、よろめきながら逃げた。

赤沢たちは本堂の前まで逃れると、反転して山門の方へ駆けだした。後ろも見ずに逃げていく。

赤沢たちの姿が山門の先に消えると、物陰にひそんでいた者たちの姿も見えなくなった。その場を去ったらしい。

……すばやい！

さすが、伊賀者である。ほとんど物音もたてずに、その場から姿を消したのだ。

「助けてくれたのは、だれです？」

新之助が目を剝いて訊いた。顔がこわばり、肩先が震えていた。興奮と恐怖、それに驚愕や疑念もあるのだろう。

助造は何も言わなかった。咲たち伊賀者が、助けてくれたと分かったのであろう。

「はて、何者か。……いずれにしろ、京の都には、いろんな連中が入り込んでいるようだな」

唐十郎はつぶやくような声で言って、手にした祐広を鞘に納めた。

2

咲と十郎太は、赤沢たち七人を尾けていた。

咲たちが慶泉寺からすぐに姿を消したのは、逃げた赤沢たちを尾行する狙いもあったのだ。

赤沢たちは、慶泉寺の前の通りを三条通りの方へむかって足早に歩いていく。傷を負ったふたりには、別の男が手を貸していた。ふたりとも痛みに顔をゆがめていたが、何とか歩けるようである。

咲は小袖に裁着袴、草鞋履きで網代笠をかぶっていた。頭は根結い垂れ髪にしている。笠は、顔と髪を隠すためである。

一方、十郎太は行李《こうり》でも入っているらしい風呂敷包みを背負い、菅笠をかぶっていた。行商人のような格好である。

ふたりは一町ほど間をおいて、赤沢たちを尾けていく。

赤沢たちは三条通りへ出ると、鴨川の方へむかった。

咲たちは、すこし間をつめた。人通りが多くなり、近付いても気付かれる恐れがなくなったからである。

赤沢たちは三条大橋を渡り、そのまま三条通りを東方の山手にむかった。寺院のつづく通りを抜けると、急に通行人の姿がすくなくなった。通り沿いには町家や古刹などがまばらに建っている。

赤沢たちは粟田口《あわたぐち》と呼ばれる地方に入る手前を左手に折れた。そこは、細い路地で、加賀前田《かがまえだ》屋敷の裏手につづいている。

赤沢たちは細い路地を数町歩き、柴垣をめぐらせた数寄屋《すきや》ふうの家に入っていった。富商の隠居所か、身分のある者の妾宅《しょうたく》ふうの家である。

咲と十郎太は、柴垣に身を寄せてなかの様子をうかがった。古い家屋で、ひどく荒れていた。長い間放置されたらしく、板戸がはずれ、庇《ひさし》は朽《く》ちて垂れ下がり、家のまわりには雑草が茫々と生い茂っている。

「まるで、狐狸《こり》でも棲《す》んでいそうな屋敷だ」

十郎太が、声を殺して言った。

「だが、ここが夷誅隊の隠れ家であることはまちがいない」

屋敷のなかから、複数の男の声が聞こえた。くぐもったような声だった。何を話しているか聞き取れなかったが、赤沢たちのようだ。

「すこし、近所で聞き込んでみるか」

十郎太が言うと、咲がうなずいた。

ふたりはその場を離れ、路地沿いの町家や三条通りの商店などに立ち寄って、それとなく赤沢たちが入った屋敷のことを聞き込んでみた。

その結果、屋敷は四条通りにあった老舗《しにせ》の呉服問屋の隠居が、妾《めかけ》と住んでいたところだと分かった。ところが、七年ほど前に隠居が死に、妾も家を出てしまったという。その後、呉服問屋が火事で焼けたこともあって、屋敷はそのまま放置され、荒れ放題だという。以来、人殺しが逃げ込んだり、盗賊が隠れ家にしたりで、いまは得体の知れない浪人者が何人か住み着いているらしいという。

「どうするな?」

十郎太が訊いた。

「屋敷を見張ってみます」

咲は、屋敷に入った七人の他にも夷誅隊の者がいるのではないかとみていた。それに、江戸から京に上った倉田たち三人の居所も知りたかったのだ。

「ならば、他の者も使おう」

十郎太は、京に入った伊賀者を使って屋敷を見張り、屋敷から出る者の跡を尾けて夷誅隊全員の居所をつかみたいと言った。

それから五日間、咲、十郎太、それにふたりの配下の江島、木下、夏目の三人が交替で屋敷を見張り、また屋敷を出入りする者の跡を尾けて、その正体と隠れ家をつきとめた。

すでに、咲たちは夷誅隊の別の四人が、朱雀村の無住の荒れ寺を隠れ家にしていることをつかんでいたが、その他に、三人の武士が鴨川の東にあたる白川《しらかわ》村の菊川里之《きくかわさとの》助《すけ》という郷士の屋敷に逗留《とうりゅう》していることが知れた。その三人の武士が、江戸から京に入った倉田たちらしかった。

さらに、咲たちが見張りと尾行をつづけている間に、背に手裏剣を浴びた男が死んで屋敷の裏手に埋められ、赤沢、鹿内、それに狐のように細い目をした男の三人が、白川村の菊川屋敷に移った。

どうやら、夷誅隊の者たちの隠れ家は、定まってはいないようだ。そのときの都合で、別の隠れ家に寝泊まりすることもあるらしい。

また、咲たちの聞き込みから、細い目をした男の名は井川助次郎《いかわすけじろう》で、倉田たちと京に上った長身の武士は、青島又一郎《あおしままたいちろう》という名であることも分かった。

その日、唐十郎は津島屋の隠居所で咲と会った。唐十郎だけ、木村屋から津島屋へもどっていたのだ。

唐十郎は、これ以上夷誅隊の者が木村屋に因縁をつけてくることはないとみて、津島屋へもどることにしたのだが、助造が、

「まだ、油断できません。もうしばらく、ここにいます」

と強く言うので、新之助といっしょに木村屋に残してきたのだ。

助造には、お初のそばにいたいという魂胆があったらしいが、唐十郎は何も言わなかった。

縁先は淡い月光につつまれていた。青磁色のひかりのなかに、咲の忍び装束がぼんやりと浮き上がったように見えている。

「夷誅隊の隠れ家は、ほぼ知れました」

咲が低い声で言った。咲の声には、情夫《いろ》に逢いに来たような甘いひびきはなかった。

咲は、伊賀者組頭として、唐十郎に会いに来たのである。

咲は、夷誅隊のひとりが死に、前田家の屋敷近くの数寄屋ふうの家に三人、白川村の菊川邸に六人、朱雀村の古刹に四人、ひそんでいることを話した。

「都合、十三人か」

「はい」

唐十郎は肝心の倉田たちがどこにいるか知りたかった。

「倉田たちは？」

「菊川屋敷におります」

咲は、倉田、渋谷、青島の名を挙げた。

「赤沢と鹿内は？」

「やはり、菊川屋敷に」

咲が、赤沢、鹿内、井川の三人が、数寄屋ふうの家から菊川屋敷に移ったことを話した。

「腕の立つ者が、菊川屋敷に集まっているようだな」

それでも、倉田は討たねばならない、と唐十郎は思った。そのために、助造と新之助に同行して京へ来たのである。

「どうします」

咲が訊いた。

「先に、倉田たちを討ちたいが、菊川という男は何者なのだ」

唐十郎は菊川という男が気になった。

「近所の者の話では、郷士ですが、攘夷を強く訴えているそうです」

「それで、倉田たちに同調して逗留させたのか」

「そのようです」

「いずれにしろ、咲たち伊賀者の手を借りねばならんな」

唐十郎、助造、新之助の三人だけでは、どうにもならなかった。下手に菊川屋敷に踏み込めば、返り討ちに遭うだろう。

「それでいつ？」

「早い方がいい。明後日の夕刻」

倉田たちが、菊川屋敷にいるうちに仕掛けたかった。

「森山どのに、伝えておきます」

そう言うと、咲は立ち上がった。

「これにて」

咲は闇のなかへ後じさると、ふいに身をひるがえした。

咲はほとんど足音を立てなかった。風が木陰を吹き抜けたような気配を残しただけである。

3

その日は、曇天だった。八ツ（午後二時）ごろ、唐十郎、助造、新之助の三人が、慶泉寺の境内で顔を合わせた。

「いよいよ、倉田を討つときがきたぞ」

新之助が、眦《まなじり》を決して言った。

唐十郎は昨夜、助造と新之助に会い、翌日、倉田を討つために白川村の菊川屋敷に出向くことを話したのだ。

「小杉どの、倉田に挑むのは状況をみてからだぞ」

唐十郎が、念を押すように言った。

菊川屋敷には、倉田、渋谷、青島にくわえ、赤沢、鹿内、井川の三人がいる。それに、菊川も倉田たちに味方するかもしれない。戦力は、唐十郎たち三人より上である。まともに闘ったら、唐十郎たちに勝ち目はない。

唐十郎は、屋敷の外に夷誅隊の者をおびき出し、咲たち伊賀者の手を借りて何人か仕留めてから屋敷内に踏み込みたかった。

「はい」

新之助はけわしい顔でうなずいた。

「では、まいろう」

慶泉寺の山門を出ると、十郎太が路傍に立っていた。菅笠をかぶり、行商人ふうに身を変えている。

十郎太は、唐十郎たちの姿を目にすると、きびすを返して三条通りの方へ歩きだした。十郎太が先導して、唐十郎たちを菊川屋敷のそばまで案内してくれることになっていたのだ。

唐十郎たちは、十郎太から半町ほどの距離を取って歩いた。十郎太の足は速かった。さすが、伊賀者である。唐十郎たちも足を速めた。

三条通りへ出て、三条大橋を渡り、鴨川沿いの道を川上にむかって歩いた。

「狩谷どの、あの行商人はだれなのです」

新之助が不審そうな顔をして訊いた。唐十郎が、十郎太の背を見ながら歩いているのに気付いたようだ。

「伊賀者だ」

唐十郎は、差し障りのない程度に咲たちのことを新之助にも話しておこうと思った。それに、ここまで来たら隠しようがないのだ。

「伊賀者……」

新之助が驚いたように目を剝いた。

「幕府も、夷誅隊には手を焼いているらしくてな。ひそかに伊賀者を京に侵入させて、討伐するつもりなのだ」

「そ、そうですか」

新之助が声をつまらせて言った。

「その伊賀者のなかに、おれの門人がいてな。どうせなら、手を組みたいということになったのだ」

「伊賀者が手を貸してくれるのですか」

新之助の声に安堵のひびきがあった。

「小杉どの、伊賀者は公儀の任で動いているのだ。あまり当てにせず、倉田を討つことに専念した方がいい」

「分かりました」

新之助がうなずいた。

唐十郎たちは十郎太にしたがって、会津松平《あいづまつだいら》家の屋敷の前を過ぎた。それからいっとき歩き、右手の路地へおれた。町家の少ない路地を東にむかって歩き、尾張徳川《おわりとくがわ》家の屋敷の脇を抜けて間もなく、十郎太が足をとめた。

そこは人家のない寂しい場所で、通り沿いに雑草の生い茂った空き地や雑木林などがつづいていた。

唐十郎たちが十郎太に追いつくと、

「菊川屋敷は、その林の先です」

と、十郎太が小声で言った。

唐十郎たちは十郎太につづいて、雑木林のなかに入ると、灌木の陰や笹藪の陰などに人影があった。三人。ひとりは武士体で網代笠をかぶっていた。咲である。他のふたりは町人体で、菅笠と手ぬぐいで頬っかむりして顔を隠していた。

三人は無言で、唐十郎たちのそばに集まってきた。顔を隠したまま、付近の林のなかに片膝を折った。伊賀者である。

「ひとり、屋敷の様子を見にいっている」

十郎太が言った。

唐十郎たちは、雑木林のなかでいっとき待った。

かすかに枯れ葉を踏む音がし、紺の半纏《はんてん》に黒股引姿の男が走ってきた。やはり、手ぬぐいで頬っかむりしている。

「頭、見てきました」

江島だった。

「なかの様子は?」

咲が訊いた。

新之助が、また驚いたように目を剝いた。武士体だったが、女の声だったからであろう。

「屋敷のなかにいるようですが、妙に静かです」

江島によると、屋敷の周囲をまわったが、三、四人のくぐもったような男の声が聞こえただけだという。

「お師匠、気付かれたのでは」

脇から、助造が言った。

「いや、そんなはずはない」

唐十郎たちが、今日菊川屋敷を襲撃することは、唐十郎たちと咲たち伊賀者しか知らないはずだった。

「ともかく、行ってみよう」

唐十郎たちは、雑木林を抜けた。

「あれが、菊川の屋敷だ」

十郎太が、前方を指差した。

思ったより大きな屋敷だった。母屋は二階建てで、裏手には土蔵、納屋、厩《うまや》などがあった。木戸門があり、屋敷のまわりに板塀が張りめぐらしてある。

「入るのは、あの木戸門からか」

唐十郎が訊いた。

「そうだ。日中、閂《かんぬき》はかかってないはずだが」

十郎太が言った。

「おれと助造で、なかにいる赤沢や倉田たちを呼び出す。森山どのたちは、飛び道具で加勢してくれ」

「心得た」

十郎太が言い、そばにいた伊賀者たちが無言でうなずいた。

4

木戸門の門扉を押すと、簡単にあいた。まず、伊賀者五人が門内に入り、玄関付近の物陰に身を隠した。倉田や赤沢たちが姿を見せたら、いっせいに手裏剣を打つことになっていたのだ。同時に、唐十郎と助造が仕掛け、戸口に出てきた夷誅隊の者を、三人ないし四人討ち取ってから屋敷内に押し入るのである。

唐十郎は、伊賀者五人が姿を隠したのを見てから助造とふたりで戸口に近付いた。新之助も、戸口近くの物陰に身をひそめている。

「入るぞ」

唐十郎が小声で言って、引き戸に手をかけた。

戸は簡単にあいた。家のなかは薄暗かった。土間があり、その先が板敷の間になっていた。人影はない。静寂につつまれている。

ただ、板敷の間の先の座敷にだれかいるらしく、障子の向こうからぼそぼそと話す声が聞こえ、衣擦れの音もした。かすかな声で、男であることは分かるが、話の内容までは聞き取れなかった。

「だれか、いないか」

唐十郎が声をかけた。

すると、座敷の向こうの話し声がやんだ。戸口の様子を窺っているのか、何の物音も聞こえない。

「姿を見せねば、踏み込むぞ！」

唐十郎がさらに声を大きくした。

すると、ひとの立ち上がる気配がし、ガラリ、と障子があいた。障子の間から姿を見せたのは、恰幅のいい武士と男児だった。

「何者だ！」

恰幅のいい武士が誰何した。

歳は四十がらみ、袖無しに裁着袴姿だった。丸顔で、目の細い男である。男児は十歳前後であろうか、まだ、前髪姿だった。手に筆を持っている。手習いでもしていたのであろうか。

「われらは、夷誅隊に遺恨を持つ者。名は狩谷唐十郎」

つづいて、助造が、

「箕田助造」

と、名乗った。

「おれは、当主の菊川里之助。これなるは、一子、房太郎《ふさたろう》」

菊川が脇に立っている男児に目をやって言った。

「それで、当家に何用かな」

菊川が訊いた。細い目が刺すように、唐十郎と助造を見つめている。

「当家で、夷誅隊を匿《かくま》っていると耳にした。出していただこう」

「いるにはいたが、いまはおらぬ」

菊川は隠さずに答えた。

「どういうことだ」

「昼ちかくになって、この家に迷惑はかけられぬ、ともうしてな。出ていったのだ」

菊川が、おだやかな声で言った。

「隠したのではあるまいな」

唐十郎は、この家のなかにいるはずだと思った。

「お疑いがあるなら、家捜ししてもらっても結構。……さァ、御覧あれ」

菊川はそう言うと、後ろの障子を開け放った。

座敷にはだれもいなかった。なかほどに、文机が出してあり、硯《すずり》や紙など手習いの道具が置いてある。

唐十郎が家のなかに目をむけていると、

「倉田さまたちは、家にいないぞ」

と、房太郎が言った。丸く目を見開いて、唐十郎を見つめている。

唐十郎は黙って房太郎の目を見た。房太郎は、目をそらさずに唐十郎を見つめているが、嘘言なのか分からなかった。父に言われて、そう言っているだけかもしれない。

ただ、家のなかを探しても、倉田や赤沢はいないような気がした。菊川が家捜ししてもいいと言ったのは、倉田たちがいないからであろう。

「倉田たちは、どこへ行った」

唐十郎が訊いた。

「はて、どこへ行ったのか。……宿の当てはあると言っていたが、行き先は話さなかったな」

「うむ……」

倉田や赤沢が、唐十郎たちの襲撃を察知して菊川屋敷を出たのなら、行き先を言うはずはなかった。

「すぐに、倉田たちの居所は知れよう」

そう言い残し、唐十郎は戸口から外へ出た。これ以上、菊川と話していても埒《らち》が明かないと思ったのだ。

唐十郎につづいて、助造も悔しそうな顔をして出てきた。唐十郎と助造が門の前まで来ると、十郎太や咲たちが集まってきた。

「倉田たちは、この屋敷にいないようだ」

唐十郎は、菊川から聞いたことをかいつまんで伝えた。

「念のため、屋敷内を探ってみる」

十郎太は、集まった伊賀者たちにすぐに屋敷内を探るよう命じ、唐十郎たちには、門の外で待っていてくれ、と言い置いて、自分も裏手にまわった。伊賀者たちも、すぐにその場から散った。

咲は、唐十郎たちといっしょに門外へ出た。門近くの樹陰で、小半刻（三十分）ほど待つと、まず十郎太があらわれ、つづいて江島、夏目、木下がもどってきた。

「屋敷内には、いないようだ」

十郎太によると、奥の座敷に菊川の妻らしい女と娘、それに台所に下女がいただけだという。また、江島たちの話では、厩や納屋にも人のいる気配はなかったそうだ。

「どうやら、おれたちの襲撃を察知し、姿をくらましたようだ」

唐十郎が言った。

「どうして、知れたのだ」

十郎太が腑に落ちないような顔をした。

「夷誅隊も、おれたちのことを探っていたのかもしれん」

唐十郎は、夷誅隊の者に尾行されたのではないかと思った。

「狩谷さま」

黙って聞いていた咲が、声をかけた。他人のいる前では、狩谷さまと呼ぶ。

「なんだ」

「前田家の屋敷近くの隠れ家に行ってみますか」

そこにも、夷誅隊の者が三人いるはずだという。

「帰り道だな」

前田屋敷は、白川村の菊川屋敷からそれほど遠くはない。

唐十郎たちは、すぐに来た道を引き返し始めた。

だが、前田屋敷近くの隠れ家も、もぬけの殻だった。唐十郎たちの襲撃を察知し、姿を消したにちがいない。

「おれたちも、跡を尾けられていたようだ」

そうでなければ、これほど早く察知されないだろう、と唐十郎は思った。

「今夜は、これまでだな」

唐十郎たちは、三条大橋の方へ歩きだした。陽は西の山並の向こうに沈み、町家のつづく通りは、淡い暮色につつまれていた。

十郎太たちは、前田屋敷近くの隠れ家を出たところで唐十郎たちと別れていた。唐十郎、咲、助造、新之助の四人が、三条大橋を渡って三条通りへ出た。

「唐十郎さま、まだ、朱雀村の隠れ家があります」

咲が、唐十郎に身を寄せて小声で言った。

「…………」

「朱雀村の隠れ家には、夷誅隊の者がいると思います」

咲によると、朱雀村の隠れ家の荒れ寺に、その後も二度様子を見に行ったが、四人とも寺にいたという。

「われらが、朱雀村の隠れ家をつかんだことは、知られていないはずです」

さらに、咲が言った。

「そうかもしれん」

「明日、朱雀村に行ってみますか」

「いいだろう」

「森山どのには、わたしから知らせておきます」

「分かった。明日は、おれと助造だけで行こう」

倉田がいなければ、新之助を連れていく必要はなかった。万一、倉田が朱雀村の隠れ家にいれば、出直せばいいのである。

5

翌日の昼食後、唐十郎は島原でも覗いてくると言い置いて、ぶらりと津島屋を出た。

唐十郎は、店の前の道を四条通りへむかった。途中、尾行者はいないか、気になって背後を振り返って見たが、それらしい男はいなかった。

四条通りへ出ると、西へ足をむけた。そして、堀川通りに突き当たったところで、左手にまがった。堀川通りを南にむかえば、西本願寺の脇に出られる。西本願寺の門前で、助造と咲が待っているはずである。

堀川通りも賑わっていた。初秋の明るい陽射しのなかを、町人、武士、僧侶などが行き交っている。

西本願寺の門前に、咲と助造の姿があった。咲は昨日と同じ身装《みなり》で、網代笠をかぶっていた。

「助造、尾けられなかったか」

唐十郎が訊いた。

「それらしい者はいませんでした」

「そうか」

木村屋とかかわりある者ではないのかもしれない。

「こちらです」

咲が先にたった。

唐十郎たち三人は、七条通りを西にむかった。通り沿いには町家がつづき、いっとき歩くと朱雀村に入った。通り沿いの町家はすこしまばらになったが、まだ通行人の姿は多かった。

「この先です」

咲は左手の細い路地に折れた。一町ほどちいさな町家がつづいていたが、しだいに家屋がすくなくなり、空き地や笹藪、茅屋《ぼうおく》などが目につくようになった。

「あの寺です」

細い路地に面して朽ちかけたちいさな山門が建っていた。その先に、荒れ寺があった。狭い境内は雑草でおおわれ、狐狸でも棲んでいそうな寺である。

「この寺の住職と寺男は、五年ほど前に流行病《はやりやまい》で亡くなり、その後、無住のままのようです」

咲が小声で言った。

「森山どのたちは？」

十郎太たちにも、ここに来るよう、咲から話してあるはずだった。

「あの樹陰にいるかもしれません」

咲の指差した先に、数本の椿が深緑を茂らせていた。本堂につづく石の門柱の脇である。

唐十郎たちが行ってみると、十郎太と江島がいた。ふたりとも町人体で、手ぬぐいで頬っかむりしていた。

「どうだ、なかの様子は？」

唐十郎が訊いた。

「何人かいるようだ。いま、木下と夏目が、様子を見に行っている」

十郎太が答えた。

樹陰でいっとき待つと、木下と夏目がもどってきた。ふたりは、継ぎ当てのある腰《こし》切半纏《きりばんてん》と股引姿で、百姓のような格好をしていた。

「なかに、おります」

木下が小声で言った。

「何人だ」

「三、四人。本堂で、酒盛りでもしているようです」

本堂といっても朽ちかけたちいさな堂だった。脇に庫裏らしい建物もあったが、屋根が半分ほどくずれている。

「ひとり捕らえよう」

唐十郎は、ひとり捕らえて口を割らせようと思った。後は、始末してしまってもいい。

「承知」

十郎太たち伊賀者がうなずいた。

唐十郎と助造は袴の股立を取ると、足音を忍ばせて本堂に近付いた。咲や十郎太たちは、本堂の左右に散り、樹陰や石碑の陰などに身を隠した。夷誅隊の者が逃げようとすれば、手裏剣で仕留めるのである。

本堂は板戸がしまっていた。板戸は所々破れ、庇や階《きざはし》は朽ちて崩れかかっている。堂のなかから、男の下卑た笑い声や胴間声が聞こえ、瀬戸物の触れ合うような音もした。酒盛りをしているようだ。

唐十郎は階の前に立った。

「堂のなかの者たち！」

唐十郎が声をかけた。

すぐに、笑い声や話し声がやみ、物音もしなくなった。おそらく、外の気配をうかがっているのだろう。

「出てこい！　姿を見せねば、踏み込むぞ」

さらに、唐十郎が声を上げた。

ミシ、ミシ、と床板を踏む音がし、つづいて、おい、ふたりだけだぞ、という男の声が聞こえた。板戸の破れ目から外を覗いたらしい。

すると、何人かの床板を踏む音がして、階の先の板戸があいた。

四人の男が姿を見せた。羽織袴姿の男がひとり、浪人体の男が三人だった。いずれも、無精髭が伸び、着物はよれよれである。

「おぬしらは、町奉行所の者か」

髭の濃い、剽悍《ひょうかん》そうな面構えをした男が誰何《すいか》した。酒気のせいか、顔が赭黒く染まっていた。ギョロリとした目が、唐十郎と助造を睨《ね》めるように見すえている。

「京の町に跋扈《ばっこ》する鬼どもを成敗しに来た者だ」

唐十郎が言うと、髭の濃い男の後ろにいた男が、

「こやつ！　狩谷だぞ」

と、声を上げた。どうやら、唐十郎のことを知っているようだ。

「ちょうどいい。始末してしまえ！」

羽織袴姿の男が言った。

「いいだろう」

髭の濃い男が、階に出てきた。

他の三人も大刀を手にして、姿をあらわした。唐十郎と助造のふたりだけとみて、侮ったようだ。

「やれ！」

髭の濃い男が叫んだ。この男が頭格らしい。

「おお！」
四人が階から飛び下り、次々に抜刀した。
突如、唐十郎が疾走した。走りざま左手で刀の鯉口を切り、右手を柄に添えている。
迅い！
虎足である。唐十郎は、髭の濃い男の前に急迫した。
男が驚愕に目を剝いた。唐十郎が刀も抜かず、いきなり疾走してきたからであろう。
助造も仕掛けた。虎足ではなかったが、迅い寄り身で羽織袴姿の男に迫っていく。
「い、居合か！」
男は慌てて青眼に構え、切っ先を唐十郎にむけた。
かまわず、唐十郎は斬撃の間境に踏み込むや否や仕掛けた。
イヤアッ！
裂帛の気合を発し、抜きつけた。
刀身の鞘走る音とともに、腰元から閃光がはしった。神速の一刀である。
男は唐十郎の斬撃を受ける間もなかった。刀を振り上げようとしたとき、肩口がザックリと裂けた。肩口からの噴血が飛び散り、男はたたらを踏むように泳いだ。

唐十郎の動きは、それでとまらなかった。刀身を峰に返しざま、一瞬の体捌きで右手にいた中背の男に体をむけた。

小宮山流居合、入身右旋。

右手にいる敵に対して、左足を軸にして体を回転させ、踏み込みざま斬り込むのだ。刀法というより、体捌きに重きをおいた技である。

中背の男は青眼に構えていたが、唐十郎の俊敏な動きについていけなかった。慌てて斬り込もうとして刀を振り上げたときに、胴に唐十郎の一颯《いっさつ》が入った。

ドスッ、と皮肉を打つにぶい音がし、中背の男の上半身が折れたように前にかしいだ。唐十郎の峰打ちが、男の腹を強打したのだ。

男は低い呻き声を上げ、腹を押さえてうずくまった。

唐十郎は、助造に目をやった。このとき、助造もひとり斃《たお》していた。血まみれになった男が、叢《くさむら》のなかにへたり込んでいる。

ワアアッ！

もうひとり、長身の男が喚《わめ》きながら逃げていく。唐十郎と助造に、仲間三人が斬られたのを見て、恐怖に駆られたらしい。

と、逃げていく長身の男に、左右から手裏剣があびせられた。男が絶叫を上げて、身をよじった。背や腹部に手裏剣が刺さっている。

男はよろめきながら通りへ逃れようとしたが、雑草に足をとられて転倒した。いっとき、叢のなかを這《は》っていたが、もたげていた首が落ち、つっ伏したまま動かなくなった。絶命したらしい。

6

「おぬしの名は」

唐十郎が誰何した。

峰打ちにした中背の男を、本堂の裏手の人目につかない場所に連れてきたのだ。助造、咲、十郎太が、そばに立っていた。江島たちは、仕留めた三人の死体を本堂に運び込んで隠した後、この場から去っていた。

「峰岸作次郎《みねぎしさくじろう》……」

峰岸は苦痛に顔をゆがめて言った。

「うぬは、夜盗か」

「や、夜盗ではない。われらは、国を憂《うれ》える国士だ」

峰岸が声を震わせて言った。

「国士とは、商家に押し入って金品を強奪し、娘を手籠にする輩《やから》のことか」

「挙兵のため、軍用金が必要なのだ」

「それで、うぬらの仲間は、いまどこにいる」

唐十郎が峰岸を見すえて訊いた。

「知らぬ」

「しゃべる気にならぬか」

唐十郎は刀を抜き、切っ先を峰岸の顔の前に突き付けた。

「仲間はどこにいる」

唐十郎が語気を強くして訊いた。

「し、知らぬ」

峰岸が顔を横に向けた。

刹那、唐十郎が刀身を一閃させた。

次の瞬間、峰岸の片耳が虚空に飛び、火花のように血が飛び散った。

ヒイイッ、と峰岸は喉が裂けるような悲鳴を上げた。噴き出した血で、顔が赤い布でおおわれるように染まっていく。

「しゃべらねば、次は首を落とす」

唐十郎は表情を変えなかった。低く静かな声に、かえって凄みがある。

「しゃ、しゃべる……」

峰岸が声をつまらせて言った。

「仲間はどこにいる」

「ばらばらだ。……旅籠や情婦《いろ》のところにいる」

峰岸が顔をしかめて言った。斬られた耳が痛いらしい。まだ出血は激しく、頬をつたって流れ落ちていた。

「倉田は？」

「は、旅籠にいると、聞いている」

峰岸は、旅籠の名は分からない、と言い添えた。

それから、唐十郎は赤沢や鹿内の居所を訊いたが、峰岸はどこにいるかは分からないと答えた。しばらく、行方《ゆくえ》をつかまれないように身を隠すことにしたという。

「ならば、仲間の者とどう連絡をとるのだ」

唐十郎が語気を強くして訊いた。

「何かあれば、井川か青島に伝えることになっている」

青島は、倉田たちと江戸から京に上ったひとりである。

「ふたりは、どこにいる」

「居場所は知らぬが、益田屋《ますだや》に伝えておけば、ここに姿を見せることになっているのだ」

益田屋は三条通りにある料理屋で、赤沢たちがよく利用している贔屓《ひいき》の店だそうである。

「益田屋か」

唐十郎は、益田屋を見張れば、井川か青島が姿を見せるのではないかと思った。ふたりを尾行すれば、倉田や赤沢の居所が知れそうである。

十郎太に目をやると、ちいさくうなずいた。益田屋の見張りは、伊賀者がやる、と言っているのだ。

「もうひとつ訊く。おれたちの跡を尾けまわしているのは、だれだ」

唐十郎が、声をあらためて訊いた。

「おれは、会ったことはない。赤沢どのが、金で手なずけたようだ」

「浪人か」

「町人だと、聞いている」

「町人だと……」

唐十郎は、思い当たる者がいなかった。

唐十郎が口を閉じると、

「うぬらの頭は、赤沢か」

と、十郎太が訊いた。

「赤沢どのは、副長だ」

夷誅隊は隊長がひとり、副長がふたり、後は隊士だという。

「では、隊長はだれだ」

「名は知らぬ。夷誅隊の者は、隊長と呼んでいる」

峰岸によると、隊長はほとんど顔を出さず、赤沢ともうひとりの副長の鹿内が隊長の意図を酌《く》んで、指図することが多いという。

「隊長と顔を合わせたことがないのか」

「いや、二度、顔を合わせたことがある」

前田家の屋敷近くの隠れ家で密談したおり、隊長も姿を見せたが、頭巾で顔を隠していたそうだ。恰幅のいい、羽織袴姿の武士だったという。

……何者であろう。

唐十郎は、頭に浮かばなかった。

「ところで夷誅隊だが、残るは十人か」

唐十郎が、峰岸に目をむけて訊いた。

「いや、他にも何人かいる。……今後も、仲間は増えるはずだ。攘夷を決行しようと考えている浪士は多いからな」

峰岸が唐十郎を見上げて、睨むように見すえた。斬られた耳を、左手でおおっている。その手も真っ赤に染まっていた。苦痛に顔がゆがんでいる。

唐十郎が黙っていると、

「それに、うぬらの命も長くない。……数日もすれば、皆殺しになるはずだ」

と、峰岸が言いつのった。

「皆殺しだと」

唐十郎が訊き返した。

「副長たちが姿を消したのは、うぬらを一人残らず斬るためだ」

「何をする気だ」

唐十郎が語気を強めて訊いた。

「うぬらを襲って、斬る。……斬られたくなかったら、出歩かぬことだな」

峰岸が昂った声で言った。顔が血で赭黒く染まり、見開いた目だけが飛び出したように見えている。

「うむ……」

どうやら、赤沢たちも唐十郎たちの命を狙って行動を起こすようだ。それも、数日のうちらしい。

「お、おれを、どうするつもりだ」

峰岸が苛立《いらだ》った声で訊いた。

「おぬしの話は、すべて聞いた」

そう言って、唐十郎が十郎太に目をむけると、

「狩谷どのに、お任せします」

と言って、十郎太が身を引いた。すると、助造と咲も、後ろにさがった。

「……！」

峰岸の顔が恐怖でひき攣《つ》った。

「タァッ!」

短い気合を発し、唐十郎の手にした刀が一閃した。

次の瞬間、にぶい骨音がし、恐怖にひき攣った峰岸の顔が前に落ちた。

首根から、血が赤い帯のようにはしった。首筋の血管から勢いよく噴出した血が、赤い帯のように目に映ったのだ。

さすが、介錯人である。唐十郎の一撃は、峰岸の首を喉皮一枚残して頸骨《けいこつ》ごと截断したのだ。

7

咲と十郎太は、配下の江島、木下、夏目の三人を使い、まず三条通りの旅籠を探った。東海道につづく三条通りに、旅籠が集まっていたからである。同時に、咲と十郎太は、交替して益田屋を見張った。峰岸の話によると、益田屋が連絡場所になっていて、井川と青島が姿をみせると峰岸が口にしたからである。

四日が過ぎた。まだ、井川と青島は姿を見せなかった。一方、旅籠をまわっている江島たちも、身をひそめている夷誅隊の者をつきとめることはできなかった。

その日、咲は益田屋の斜向《はすむ》かいにある酒屋の脇に身をひそめていた。酒屋と旅籠の間に細い路地があり、その路地に面した酒屋の板壁に身を張り付けるようにして、益田屋の店先を見張っていたのだ。

すでに、暮れ六ツ（午後六時）を過ぎていた。路地は淡い暮色に染まっている。咲は柿色の小袖と同色の裁着袴姿だった。忍び装束ではなかったが、闇に溶ける身装《みなり》に変えていたのである。

益田屋の二階の障子が明らんでいた。客がいるらしく、女たちの嬌声や男の濁声、哄笑などが聞こえてくる。

咲がその場に身をひそめて半刻（一時間）ほど経つが、まだ井川と青島は姿を見せなかった。

それから小半刻（三十分）ほど経ち、路地が夜陰につつまれ始めたとき、益田屋の店先にふたりの武士が姿をあらわした。ふたりはかぶっていた網代笠を取ると、通りの左右に目をやってから暖簾をくぐった。料理屋の宴席に来た客ではないようだ。

……井川と青島だ！

すぐに、咲は察知した。

ひとりは、長身だった。青島であろう。青島は長身と聞いていたのだ。もうひとりは痩身だった。顔は見えないが、井川とみていいだろう。

咲は店先に目をやったまま、井川たちが出てくるのを待った。何かの連絡のために店に立ち寄ったのであれば、すぐに出てくるはずである。

咲の見込みどおりだった。いっときすると、井川たちが店先に姿をあらわした。ふたりは、網代笠をかぶらず手にしたまま、三条通りを西にむかって歩きだした。すでに、通りは夜陰につつまれ、笠はなくとも顔は隠れたのである。

……尾けてみよう。

咲は、路地から通りへ出た。

前を行く井川たちと半町ほど間をとり、咲は通行人の陰に身を隠しながら尾けた。尾行は楽だった。通りには、まだちらほら人影があったし、咲の姿を夜陰が隠してくれたからである。

井川たちは堀川通りへ突き当たると、左手におれた。南にむかって足早に歩いていく。しだいに夜陰が濃くなってきた。

風のない静かな夜だった。東の空の十六夜の月が、皓々《こうこう》とかがやいている。井川たちの姿は、月光に浮かび上がったように見えていたが、ときおり通り沿いの家の陰に隠れることがあった。それでも、尾行に支障はなかった。耳のいい咲には、ふたりの足音がはっきりと聞こえたからである。

井川たちは七条通りにつきあたると、今度は右手にまがった。

……行き先は、朱雀村か。

峰岸たち四人が、身を隠していた荒れ寺であろうか。

ふたりは、峰岸たちから益田屋に何の連絡もないのを不審に思い、様子を見に来たのかもしれない。

咲の予想通りだった。井川たちは、朱雀村に入ると、路地をたどって峰岸たちの隠れ家だった荒れ寺の前に出た。

ふたりは、小走りに本堂へむかった。灯《ひ》が洩《も》れてないのに気付き、異変があったのを察知したのかもしれない。

ふたりは階を駆け上がり、引き戸をあけてなかを覗いた。本堂のなかには、峰岸たち四人の死体が転がっているはずだった。すでに、死後、四日過ぎている。本堂のなかは死臭につつまれているだろう。

「殺《や》られている！」

長身の青島が、声を上げた。

「斬ったのは、狩谷たちにちがいない」

井川が昂った声で言った。

ふたりは、数瞬、階の上で立ち竦《すく》んでいたが、きびすを返すと階から飛び下りた。そして、来た道を小走りに引き返し始めた。

……どこへ、行くのか。

咲は二人の行き先をつきとめようと思った。ふたりの隠れ家に帰るか、それとも赤沢や隊長にことの次第を知らせに行くかである。

井川たちふたりは、来た道を急ぎ足でもどった。三条通りに入り、益田屋の前まで来ると、井川だけがなかへ入った。

だが、井川はすぐに店から出てきた。そして、青島といっしょに三条大橋の方へ急ぎ足でむかった。

さすがにこの時間になると、三条通りも人影がすくなかった。ときおり、酔客や辻君と思われる女が通り過ぎていく。咲は通り沿いの軒下闇や樹陰をたどりながら、井川たちの跡を尾けた。

井川たちは三条大橋をわたり、さらに三条通りを東の山手にむかった。そして、粟田口に入る手前を左手に折れた。

……前田屋敷の裏手の隠れ家か。

咲たちが、赤沢たちを尾けてつかんだ夷誅隊の隠れ家である。思ったとおり、井川たちは柴垣をめぐらせた数寄屋ふうの家へ入っていった。かすかに灯が洩れている。すでに、だれかいるようだ。

咲は足音を忍ばせて柴垣に近付いた。廊下を歩く音につづいて、障子をあける音が聞こえた。井川と青島が座敷に入ったらしい。

家のなかから、「おお、井川と青島か」という声につづいて、「田岡《たおか》や峰岸たちが、殺られたぞ」という声が聞こえてきた。田岡というのは、殺された四人のうちのひとりであろう。

その後、障子がしまったせいか、くぐもった声になり、耳のいい咲にも、話の内容までは聞き取れなくなった。

咲は柴垣沿いを歩き、枝折り戸を押して敷地内に入った。そして、足音をたてないように叢を歩いて、声のする近くの板壁に身をひそめた。

板壁に耳を寄せると、家のなかの声が聞き取れるようになった。

……早く、狩谷たちを始末せねば、おれたちも殺られるぞ。

苛立ったような声が聞こえた。

……赤沢どのに、すぐに押し入るように進言しようではないか。

別の男が言った。

……やるのは、どっちが先だ。津島屋か木村屋か。

しゃがれ声だった。三人目の声である。

……木村屋がいい。津島屋は、大勢客がいるからな。それに、大戸がしまると、押し入るのがむずかしくなる。

……木村屋は、旅人に化けて踏み込めばいいわけか。

……そうだ。

……いつ、やる。

また、別の声が聞こえた。

……早い方がいいが、明日というわけにはいかんな。ともかく、赤沢どのに話し、判断をあおがねばならん。

……明日にでも、赤沢どのに話そう。

それから、二、三人の声が重なって聞こえるようになった。仲間内で勝手にしゃべりだしたようだ。斬殺された峰岸たちのことや唐十郎たちのことを話しているらしい。

「渋谷」と、呼ぶ声が聞こえた。おそらく、倉田といっしょに江戸を発った渋谷もこここにいるのだろう。

咲は、耳を澄まして男たちの声を聞き分けた。咲が聞き取っただけでも、五人いるようだった。

……新たな仲間もくわわったのか。

咲は、峰岸が他にも仲間がいると口にしたのを思い出した。そうなると、夷誅隊はさらに人数が増えたとみねばならない。

咲は身を寄せていた板塀から離れた。ともかく、このことを唐十郎の耳に入れておかなければならないのだ。

その日の夜、咲は津島屋の隠居所に忍び込み、唐十郎と会った。

咲は縁先に姿を見せた唐十郎に、

「夷誅隊が、木村屋を襲うようです」

と、切り出した。

「いつだ」

すぐに、唐十郎が訊いた。

「明後日か、三日後か。いずれにしろ、ここ二、三日のうちに」

咲はいつになくけわしい顔で、井川と青島の跡を尾けたこと、前田屋敷の裏手の隠れ家に集まっている夷誅隊の者たちのやり取りを盗聴したことなどを話した。

「押し込む人数は、分かるか」

「分かりませんが、新たにくわわった仲間もいるようですので、九人より多いかもしれません」

「うむ……」

唐十郎は、強敵だと思った。人数もさることながら、遣い手が多かった。赤沢、鹿内、倉田、それに渋谷も遣えるとみておかなければならない。

「森山どのたちの力も借りたいが」

ともかく、倉田たちを討ち取らねばならない、と唐十郎は思った。

「そのつもりでおります」

「おれたちも、すぐに動こう」

唐十郎は、明日にも木村屋へ出かけて手を打とうと思った。

第四章　木村屋襲撃

1

「ま、まことでございますか」

木村屋の主人、吉蔵の顔から血の気が引いた。

咲から話を聞いた翌朝、唐十郎はさっそく木村屋へ行って吉蔵に夷誅隊が店を襲うかもしれないと話したのだ。

「ここ一日、二日のうちにな」

唐十郎は、夷誅隊が木村屋を襲うのはまちがいないと思った。

「ど、どうすれば、よろしいんで……」

吉蔵が声を震わせて訊いた。

「夷誅隊を追い払い、二度と木村屋を襲うことのないように痛手を与えるしかないな」

押し入った一隊を殲滅するのは、無理である。まず、追い払うための手を打つより他にないだろう。

「あ、有り金を渡したら、どうでしょう」

「娘もくれてやるか」

「そ、そんなことはできません」

吉蔵が声をつまらせて言った。

「金を渡しても、またすぐに取りにくるぞ。一度、味をしめれば、店がつぶれるまで絞り取る」

夷誅隊の狙いは、唐十郎たちの命を奪うこともあるのだが、それは口にしなかった。

「……」

吉蔵は、苦渋《くじゅう》に顔をゆがめた。

「店の者も無事で、金も出さずに済む手がある」

唐十郎が言った。

「そんな手がございますか」

吉蔵が、すがるような目を唐十郎にむけた。

「ただし、一日、二日、商売はできないぞ」

「かまいません」

「ただ、表戸はあけておく。商売はふだんどおりやっているように見せかけ、客がきたら空き部屋はないと言って、ことわってもらう」

「どういうことです？」

「夷誅隊の者たちを、店のなかにおびき寄せるのだ」

唐十郎は、狭い家のなかで闘えば、自分たちに利があると踏んでいた。居合は狭い家のなかで闘う刀法が工夫《くふう》されていた。それに、十郎太たち伊賀者も、物陰から奇襲できるはずだ。

「そ、それでは、手前どもも斬り殺されます」

吉蔵の顔が、また蒼ざめた。

「その心配はない」

商売をしないのは、吉蔵や家族、奉公人などを前もって安全な場所に避難させておくためである。

唐十郎がそのことを話すと、

「そんなことができるでしょうか。店の者がいなければ、すぐにおかしいと気付くのでは……」

吉蔵が、戸惑うような顔をした。

「なに、こちらには役者がいる」

唐十郎は、十郎太たち伊賀者に奉公人の役を頼もうと思っていた。咲から聞いたのだが、十郎太たちは変装術の達者だという。

「気付かれぬように、ひそかにやらねばならん」

唐十郎は、正体の知れない尾行者のことが気がかりだった。このからくりに気付いて、夷誅隊に知らされればどうにもならない。

「おまかせいたします」

吉蔵は頭を下げた。

その日、木村屋は宿泊していた旅人を送りだすと、いったん表戸をしめた。そして、吉蔵とその家族、それに番頭、女中などの奉公人が、近所の住人に気付かれないように裏手からひとり、ふたりと抜け出し、ひとまず近くで料理屋をしている吉蔵の親戚のところに身を隠した。

店を出た吉蔵たちに替わって、変装に長《た》けた十郎太をはじめ伊賀者四人が、番頭や若い衆、包丁人などに化けた。咲は女中に身を変えた。衣装は吉蔵に用意してもらったのものを使ったようだ。さすがに、伊賀者である。すぐに、旅籠の奉公人らしい物腰に変わり、顔を知らない者なら何の不審もいだかないだろう。

入れ替わりがすむと、近所の住人に不審をいだかれないようにすぐに店をあけた。

唐十郎、助造、新之助は、以前使っていた二階の隅の座敷に身を隠した。

その日、夷誅隊は姿を見せなかった。

「長くは、つづけられんぞ」

唐十郎が、奥の部屋に姿を見せた十郎太と咲に言った。

旅人はともかく、近所の住人はすぐに木村屋の家族や奉公人がいなくなり、別人に入れ替わっていることに気付くだろう。

「せいぜい、一日、二日でしょう」

十郎太も、唐十郎と同じ懸念をもっているようだ。

「明日か、明後日には、来るはずです」

咲が言った。

「ともかく、待つしかない」

唐十郎は、夷誅隊が仕掛けてこなければ、別の手を考えるしかないと思った。

翌日は、曇天だった。厚い雲が空をおおっているせいか、木村屋のなかは日中から夕暮れ時のように薄暗かった。

八ツ半（午後三時）ごろ、ふたりの旅装の武士が、戸口でかぶっていた網代笠を取ってから旅籠に入ってきた。

「いらっしゃいまし」

揉み手をしながら、十郎太がふたりの武士に近付いた。旅籠の主人らしい物腰である。

なかにいた咲も、すぐに歩を寄せた。ふたりとも、旅装の武士に見覚えはなかった。

「おやじ、部屋はあいているか」

肌の浅黒い、面長の男が訊いた。

「はい、お二階がよろしいでしょうか。……おたつ、すすぎを」

十郎太が咲に声をかけた。

「はい、はい」

咲はすぐにすすぎを取りに行った。

「妙に静かだな」

もうひとりの丸顔の武士が、旅籠のなかに視線をまわしながら言った。

「お泊まりの方は、これからでございまして」

十郎太が、もっともらしい顔をして言った。

「そうか」

丸顔の武士は、店内に視線をめぐらしている。その目に探るような色があった。

「お使いくださいまし」

咲がすすぎを持ってきて、上がり框のそばに置いた。

「厄介になるぞ」

そう言って、ふたりの武士が腰の刀を鞘ごと抜こうとして手をかけたとき、

「泊めてもらうぞ」

と戸口で声がし、新たにふたりの武士が入ってきた。ふたりとも小袖に裁着袴姿で二刀を帯びていた。

……青島と井川だ！

咲は、ふたりの顔に見覚えがあった。

2

「おふたりですか」

十郎太が、長身の青島に訊いた。

「いや、ほかに三人いる」

青島がきびすを返し、戸口から外を覗いて、おい、入れ！　と声を上げた。

すると、どかどかと三人の武士が入ってきた。いずれも、小袖に裁着袴姿だった。

なかには、無精髭や月代の伸びた浪人体の者もいる。都合、七人になった。

……赤沢だ！

咲は三人のなかに赤沢がいるのを目にとめた。

三人の武士は土間に立つと、旅籠のなかに視線をめぐらせた。身辺に殺気だった雰囲気がある。

「大勢で、ございますね。……房次《ふさじ》、手を貸しておくれ」

十郎太が奥にむかって声をかけた。

すると、帳場にいた江島が慌てた様子で近付いてきた。

江島を呼んだ声を、階段近くにいた木下が耳にした。すぐに、木下は階段を上がり二階の隅の部屋に走った。夷誅隊の者が押し入ってきたとき、房次を呼ぶ、と十郎太との間で決めてあったのだ。

木下は唐十郎たちが待機している部屋の障子をあけはなった。

「来ました、夷誅隊が！」

木下が、声を殺して言った。

「人数は？」

「いまのところ、七人」

「よし、手筈どおりだ」

唐十郎は、かたわらに置いてあった祐広をすばやく腰に帯びた。

助造と新之助も刀を腰に差し、唐十郎につづいて廊下に飛び出した。

夷誅隊は七人ではなかった。赤沢たちにつづいて、さらに四人、押し入るように土間に入ってきたのだ。そのなかには、鹿内、倉田、それに渋谷の姿もあった。総勢十一人である。

「みなさんも、お泊まりですか」

十郎太が驚いたような顔をして、新たに入ってきた四人に訊いた。

夷誅隊が多数だったので、十郎太は後じさりし始めていた。咲も土間の隅に身を寄せている。

「部屋をあらためさせてもらうぞ」

赤沢が強い声で言った。

その声で、夷誅隊の者たちは草鞋履きのまま土間から板敷の間に上がった。すでに、刀の柄に手をかけている者もいる。

「こ、困ります、そのようなことは……」

十郎太は声を震わせて言いながら、さらに後ろへ下がった。右手を懐につっ込んでいる。棒手裏剣を忍ばせていたのだ。

「狩谷たちを探せ！」

赤沢が声を上げた。

そのとき、唐十郎たちが階段を下りてきた。

「いたぞ、狩谷だ！」

赤沢が叫んだ。

その声で、土間や板敷の間にいた男たちが、いっせいに抜刀した。

とそのとき、棒手裏剣が大気を裂いて飛来した。数本の手裏剣が、いっせいに夷誅隊の男たちを襲う。

十郎太、咲、江島、夏目の四人が、土間の隅、階段の裏側、帳場などからつづけざまに棒手裏剣を打ったのだ。

絶叫が上がり、夷誅隊の三人が身をのけ反らせた。

「て、敵だ！」

長身の青島が叫んだ。

夷誅隊の者たちが、慌てて物陰に隠れようとした。

さらに、手裏剣が飛来し、別の男が絶叫を上げてよろめいた。床、板壁、柱などに次々と手裏剣が突き刺さった。

この間に、唐十郎と助造は階段から板敷の間に下りていた。新之助は、唐十郎の背後についた。眦《まなじり》を決し、睨むように夷誅隊の者たちを見つめている。

「倉田だ！」

新之助が声を上げた。夷誅隊の男たちのなかに倉田の姿を見つけたらしい。

すると、板敷の間のなかほどにいた中背の武士が、

「小杉の倅か！」

と、叫んだ。倉田らしい。

三十がらみ、面長でのっぺりした顔をしていた。目尻のつり上がった細い目が、切っ先のようにひかっている。

「倉田、覚悟！」

唐十郎が、倉田にむかって疾走した。ともかく、倉田を討とうと思ったのである。

走りざま、唐十郎は左手で刀の鯉口を切り、右手を柄に添えた。居合の抜刀体勢である。

唐十郎につづいて、助造も疾走した。土間にいた大柄な鹿内に迫っていく。新之助は唐十郎の後ろについた。すでに、抜刀している。

「狩谷か！」

叫びざま、倉田は刀を抜いた。

キラリ、と刀身がひかった。冴《さ》えのある黒ずんだ地肌である。

……石堂是一！

是一であろう、と唐十郎は見てとった。ただ、刃文や茎《なかご》に切ってある銘などを見てみなければ、断定はできない。

すばやく、倉田は青眼に構え、切っ先を唐十郎にむけた。切っ先がかすかに上下している。「鶺鴒《せきれい》の尾」と呼ばれる北辰一刀流独特の構えである。

……できる！

唐十郎は、倉田の構えから腕のほどを察知した。

倉田の全身に気勢が満ち、唐十郎に向けられた切っ先が昆虫の触手のように動いていた。いまにも、斬り込んできそうな気配がある。

かまわず、唐十郎は一気に倉田との間合をつめた。

……入身迅雷を遣う。

鬼哭の剣は、狭いところでは遣いづらかったのだ。

入身迅雷は中伝十勢のなかでは基本的な技である。敵の正面から一気に間合をつめ、踏み込みざま抜きつける。抜刀の迅さ、敵を恐れぬ果敢さ、正確な間積もりが大事である。単純ではあるが、こうした狭い場所や集団のなかでは、威力を発揮する。

イヤアッ！

裂帛の気合を発し、唐十郎が抜きつけた。

閃光が稲妻のように疾《はし》った。まさに、迅雷のような一颯《いっさつ》である。

一瞬、倉田が背後に跳んだ。唐十郎の一撃を受けられないと察知したのだ。

だが、間に合わなかった。パサリ、と倉田の着物の肩口が裂け、あらわになった肌に血の線がはしった。それだけ、唐十郎の抜きつけの一刀が迅かったのである。

「やるな！」

倉田の顔に驚愕の表情が浮いた。唐十郎が、これほどの遣い手とは思わなかったのであろう。

それでも、倉田の顔に怯えや恐怖の色はなかった。それに、肩口の傷は薄く皮肉を裂かれただけで済んだようだ。

倉田は大きく間合をとったまま、ふたたび青眼に構えた。

このとき、倉田の左手にいた渋谷が、いきなり斬り込んできた。

タアッ！

気合を発しざま袈裟に。

咄嗟に、唐十郎は右手に跳びながら刀身を横に払った。一瞬の反応である。

渋谷の切っ先が、唐十郎の肩先をかすめて流れた。

次の瞬間、渋谷の上半身が前にかしいだ。唐十郎の払い胴が、渋谷の脇腹をえぐったのである。

渋谷は低い呻き声を上げ、腹を押さえてうずくまった。着物が赤く染まり、手の間から、臓腑が覗いている。

この間にも、咲や十郎太の打つ手裏剣が飛び、唐十郎に斬り込もうとした倉田の足をとめていた。

3

タアッ！

鋭い気合を発し、助造が鹿内との斬撃の間境に踏み込むや否や抜きつけた。

真向両断だった。

助造は、示現流の蜻蛉の構えをとっている鹿内の頭上に斬り込んだ。受けられるのを承知で、まず鹿内の構えをくずそうとしたのである。

ギーン、という重い金属音がひびき、助造の刀身が撥ね返った。瞬間、鹿内の体勢がくずれた。助造の強い斬撃に押されたのである。

すかさず、助造は二の太刀をはなった。

振りかぶりざま、袈裟へ。

だが、鹿内の反応も迅かった。体勢をくずしながらも、刀身を横に払ったのである。

助造の切っ先が、鹿内の肩先を斬り裂いた。同時に、鹿内の切っ先も助造の腹を横に裂いていた。

次の瞬間、助造は背後に跳んだ。腹に疼痛《とうつう》があった。裂けた着物に血の色がある。

……斬られた！

助造の顔がこわばった。脇腹の皮肉を裂かれたらしい。だが、それほどの出血ではなかった。内臓に達するような傷ではないようだ。

「箕田、命はもらった！」

吼《ほ》えるような声で叫び、鹿内が蜻蛉の構えにとって踏み込んできた。鹿内の肩の傷は、浅手らしかった。肩先に、わずかに血の色があるだけである。

そのとき、唐十郎が鹿内の動きを目の端にとらえた。

……助造が斬られる！

と察知した瞬間、唐十郎の体が飛鳥のようにひるがえった。

イヤアッ！

裂帛の気合とともに、唐十郎の体が前に跳んだ。

同時に、稲妻のように切っ先が疾った。

鬼哭の剣だった。

咄嗟に、唐十郎は通常の鬼哭の剣より低く跳び、しかも突き込むような一撃をみまった。天井や近くにいた新之助に、切っ先が触れないようにしたのである。

瞬間、鹿内の首筋から血飛沫《ちしぶき》が噴出した。鹿内は瞠目したまま凍りついたようにつっ立った。首筋から、ヒョウ、ヒョウ、と物悲しい音を立てて血が飛び散っている。唐十郎の切っ先が、鹿内の首筋の血管を斬ったのだ。

鹿内は首筋から血を噴出させたまま立っていた。顔と上半身が、血をかぶったように真っ赤に染まっている。

鹿内が何か言いかけた。勝負はまだだ、と言おうとしたのかもしれない。その唇の動きがとまったとき、鹿内の大柄の体が揺れ、腰からくずれるように転倒した。

唐十郎は、倉田と赤沢に目を転じた。

倉田は土間の隅をまわり、新之助の脇へ近付こうとしていた。この場で、新之助を返り討ちにするつもりらしい。

新之助は、ひき攣ったような顔をして夷誅隊のひとりと相対していた。真剣勝負の興奮と恐怖で、切っ先が笑うように揺れている。

一方、赤沢は十郎太たちの手裏剣をはじきながら、戸口の方へ下がっていた。

「倉田！　おれが相手だ」

叫びざま、唐十郎は倉田の前に走った。ここで、新之助とともに倉田を斬れば、敵が討てるのである。

「引け！　引け！」

赤沢が絶叫した。

鹿内が斬られたのを見て、このままでは殲滅されるとみたのであろう。

その声で、土間や板敷の間にいた夷誅隊の者たちが、後じさりしたり、きびすを返して土間へ跳んだりして、いっせいに戸口へむかった。逃走するつもりらしい。

倉田も後じさりし始めた。ここは、逃げるしかないと踏んだようだ。

赤沢をはじめ夷誅隊の者たちが、先を争うように戸口から外へ飛び出していく。

「勝負は、後だ！」

叫びざま、倉田が背後に跳んだ。そして、反転し、土間から戸口へ走った。

唐十郎は倉田を追って、低い八相に構えたまま土間へ跳んだ。

そのとき、戸口から逃げようとしていた小柄な男が行く手をふさいだ。

「退け！」

唐十郎は、男の背後に迫りながら斬り下ろした。初伝八勢の追切である。

ザックリ、と男の肩先から脇腹にかけて裂けた。

男は絶叫を上げて、のけ反った。

唐十郎は、よろめいている男にはかまわず、戸口から飛び出した。倉田の後を追ったのである。

倉田や赤沢たちが、三条通りを鴨川の方へ逃げていく。

……逃げられたか。

倉田は木村屋からだいぶ離れていた。唐十郎は、追っても追いつけないと思った。唐十郎につづいて十郎太や江島たち伊賀者が、戸口へ飛び出してきた。傷を負った者はいないようだ。

「狩谷どの、ここはわれらが」

そう言い残し、逃げる倉田や赤沢たちの後を追った。跡を尾けて、行き先をつきとめるつもりらしい。

唐十郎はなかへとって返した。まだ、夷誅隊の者が残っているはずである。それに、助造の傷が気になったのだ。

咲はすこし遅れて、戸口へ出た。伊賀者の組頭として、逃走した赤沢たちの行方をつきとめようと思ったのだ。

三条通りの先に、十郎太たちの背が見えた。物陰に身を隠しながら、逃げていく赤沢たちを尾けている。

……森山どのに、まかせればいい。

咲がそう思ってきびすを返したとき、木村屋の斜向かいにある旅籠の脇の路地に人影があるのに気付いた。木村屋の様子をうかがっているようだ。

肩先と顔の一部しか見えないのではっきりしないが、町人らしい。そのとき、咲の胸に、唐十郎たちを尾行している男のことがよぎった。咲は唐十郎から尾行者の話を聞いていたのだ。

……あの男ではあるまいか。

と、咲は思った。

咲は男のひそんでいる路地と反対方向に歩き、遠ざかって男の視界からはずれたところで、料理屋の脇に身を隠した。わずかだが、男の姿が見える。咲は男を尾けて正体を確かめようと思ったのだ。

4

唐十郎は木村屋の戸口に立つと、なかを見渡した。薄暗いなかに血の濃臭がただよっている。助造は板敷の間の隅に屈み、腹を押さえていた。戸口から駆けもどった新之助が、助造のそばに立って、心配そうな目をむけている。

夷誅隊の者が土間にふたり、板敷の間にひとり、血まみれになって横たわってい
た。他にも、ふたりいた。ひとりは土間の隅にへたり込み、何か喚いていた。もうひ
とりは板敷の間の隅の柱に背をあずけて、唸り声を上げている。腹に手裏剣をあびた
らしく、着物が血に染まっていた。

……闘える者は残っていない。

と、見てとった唐十郎は、助造のそばに急いだ。

「どうした」

唐十郎は助造の腹に目をやった。着物が横に裂け、蘇芳《すおう》色に染まっている。

「か、かすり傷です」

助造が照れたような笑いを浮かべて言ったが、顔はこわばっていた。

「見せてみろ」

唐十郎は助造の脇にかがみ、腹を押さえている手をはずさせた。
七、八寸の傷だった。横に裂けている。血が流れ出ていたが、皮肉を裂かれただけ
で、臓腑には達していないようだ。

「ともかく、出血を押さえよう」

唐十郎は、新之助に、手ぬぐいや浴衣《ゆかた》をかき集めてくるように指示した。傷口を縛ろうと思ったのである。

「は、はい」

新之助はすぐに奥へ走った。長く木村屋で寝泊まりしていたので、どこにあるか見当がついたのであろう。

いっときすると、新之助が手ぬぐいや浴衣を抱えてもどってきた。

「浴衣を切り裂いてくれ」

唐十郎は、助造の襟《えり》を押しひろげ、傷口をあらわにした。流れ出る血が赤い簾《すだれ》のように腹を染めている。

唐十郎は、浴衣を切り裂いた布で傷口の血をぬぐってから、折り畳んで傷口にあてがった。そして、新之助にも手つだわせて、手ぬぐいを幾重《いくえ》にも巻き付けて縛った。すぐに血が染みてきたが、急速にひろがらなかった。多少出血がとめられたようである。

「しばらく、横になっていろ。体を動かさずにな」

命にかかわるようなことはあるまい、と唐十郎はみてとった。それに、十郎太や咲がもどれば、適切な手当てをしてもらえるだろう。伊賀者は、こうした傷の手当てにも長けていたのだ。

唐十郎は、助造を近くの座敷に横にしてから表にもどった。そして、まだ呻き声をもらしているふたりの男にとどめを刺した。

……討ちとったのは、五人か。

鹿内、渋谷、唐十郎が戸口近くで斬った小柄な男、それに伊賀者の手裏剣をあびたふたりである。他にも手裏剣をあびた者がいるはずだが、それほどの傷ではなかったのだろう。

……よしとするか。

唐十郎は胸の内でつぶやいた。

敵はほぼ半減した。味方で傷を負ったのは、助造だけである。上々の戦果といっていいのではあるまいか。

咲は町人体の男を尾行していた。

男は、鴨川の方へ逃げた赤沢たちの姿が見えなくなり、木村屋からも人影が消えると、隠れていた路地から通りへ出てきたのだ。

男は小柄ですこし猫背だった。いっとき、三条通りを西に歩いてから左手に折れた。そこは、津島屋のある通りだった。

……どこへ行くつもりなのか。

咲は、通行人の陰や表店の脇などに身を隠しながら、男の跡を尾けていく。

男は津島屋の店先まで来ると足をとめ、通りの左右に目をやってから、店舗の脇のくぐり戸からなかへ入った。

……津島屋の奉公人のようだ。

咲は驚いた。津島屋のなかに、夷誅隊と通じている者がいるとは思わなかったのだ。

……ともかく、唐十郎さまに知らせよう。

咲は、唐十郎なら何者か分かるのではないかと思った。

そのころ、十郎太たち伊賀者は、赤沢たちを尾行して三条通りを鴨川の方へむかっていた。前方に三条小橋が見えてきたとき、先を行く赤沢たちが、通り沿いの店にはいった。辰野屋《たつのや》という料理屋である。

……この料理屋が隠れ家か。

十郎太たちは、同じ三条通りにある益田屋が、夷誅隊とかかわりがあるとみて目を配っていたのだ。

ただ、隠れ家にして使っていたにしては人数が多いような気がした。あるいは、この座敷を使って、手傷を負った者の手当てでもするつもりなのかもしれない。

十郎太は、ともかく店から赤沢たちが出てくるのを待とうと思った。十郎太たちは二手に分かれ、辰野屋近くの路地に身を隠して店先を見張った。

小半刻（三十分）ほど過ぎた。

……妙だな。

と、十郎太は思った。辰野屋の店先から出てきた仲居らしき女が、暇そうな顔をして通りを行き交う通行人に目をやっているのだ。店に入った赤沢たちは、六人だった。なかには、傷を負った者もいる。店の仲居なら、通りを眺めている暇はないはずである。

「あの女に、訊いてくる」

十郎太は、すぐに通りへ出た。

「ちょいと、姐《あね》さん」

十郎太は、町人らしい物言いで声をかけた。伊賀者とはいえ、十郎太は京都弁を使えなかった。ただ、この通りは東海道筋なので、他国の者が多いはずである。他国の言葉も、めずらしくはないだろう。

「へえっ」

女は怪訝《けげん》な顔をして振り返った。

「小半刻前《めえ》に、お侍が五、六人店に入《へえ》ったのを見たが、まだいるのかい」

「お、おりまへん」

女は怯《おび》えたような顔をして言った。他国者が、何を訊こうとしているのか気味悪かったのだろう。

「ちょいと、知り合いのお方がいてな。もう、いねえのかい」

「店には、いいへん」

「どこへ行った？」

十郎太の声が、すこし大きくなった。

「裏から、出ていきはったんや」

女によると、店に入ってきた六人の武士は、あるじに一両渡し、賊に追われている、裏から出してもらうぞ、と言って、そのまま廊下を通り抜け、裏手の背戸から出ていったという。

……しまった！

と、十郎太は思った。

赤沢たちは尾行者を撒くために辰野屋を使ったらしい。おそらく、赤沢たちは相手側に忍びの術を心得た者がいると踏んで、尾行されると思ったのであろう。

十郎太は、江島たちがひそんでいる路地へ駆けもどった。念のために、辰野屋の裏手の路地を探ってみようと思ったのである。

5

お初は、吉蔵たちといっしょに入ってくると、

「血が、仰山《ぎょうさん》……」

と言って、戸口に立ち竦《すく》んだ。戸口に倒れていた男のまわりに、どす黒い血溜りができていたのだ。

「こ、ここにもおる」

吉蔵が、土間の隅にへたり込んでいる男に目をやって言った。唐十郎がとどめを刺した男である。

その日の夕刻、親戚の家へ身を隠していた吉蔵たちが、木村屋へもどってきたの

だ。近所の者が吉蔵に、店に押し入った夷誅隊の者が逃げだしたことを伝えたらしい。

「見たとおりだ。これで夷誅隊の者が、ここに来ることはあるまい」

唐十郎が言うと、

「ありがたいことです」

吉蔵は安堵の色を浮かべ、助造と新之助は無事かどうか訊いた。

「助造が傷を負って、奥で横になっている」

唐十郎がそう言うと、土間にいたお初が、

「み、箕田さまが」

と、うわずった声でいい、こわばった顔で奥へむかった。

助造は帳場の奥の部屋に横になっていた。そこは、台所の脇の四畳半の部屋で、ふたり用である。

布団を敷いた上に助造は横になり、枕元に新之助が座っていた。

「木村屋の者が、もどって来たようだな」

助造が、新之助に声をかけた。表の方から、吉蔵や奉公人たちの声が聞こえたのである。

「夷誅隊に襲われる心配が、なくなったからですよ」

新之助が小声で言った。

そのとき、廊下をせわしそうに歩く足音がし、障子があいた。顔を見せたのは、お初だった。

お初は、廊下に膝をついたまま蒼ざめた顔で助造を見つめた。障子にかけた手が震えている。

「お初さん」

助造が起き上がろうとした。が、腹部に痛みがはしり、慌てて横になった。

「み、箕田さま……」

お初が、這うようにして助造の枕元にきた。肩先が震えている。怯えているような顔である。

「かすり傷だ」

助造が照れたような顔をして言った。

「……痛うおへんか」

お初が枕元に座り、助造の腹に巻かれた手ぬぐいに目をやりながら訊いた。手ぬぐ

い は、赭黒く染まっていた。まだ出血しているらしく、鮮血の色もあった。

「痛くはない。……二、三日、横になっていれば、血もとまるはずだよ」

「……………」

お初は眉宇《びう》を寄せ、泣きだしそうな顔をしてうなだれた。

これを見た新之助が、

「箕田どのは、夷誅隊の者と勇敢に闘い、追い返したのです」

と、昂った声で言った。

すると、お初は両手で顔をおおい、身を顫《ふる》わせて、

「こ、怖い……」

と、かすれたような声で言った。

「もう、怖いことはありません。箕田どのや狩谷どのに斬られた夷誅隊の者が、戸口に横たわっていたでしょう。これで、夷誅隊の者がここを襲うようなことはありませんよ」

新之助が励ますように言った。

「み、箕田さまが、斬り合うのが怖いおす」

お初は両手で顔をおおったまま首を横に振り、助造に、もう斬り合いなどしてほし

くないと訴えた。
助造は黙って聞いていた。お初が、愛《いとお》しいと思った。
だが、助造は胸の内で、
……この京で、刀をふるわずには生きられない。
と、つぶやいた。

唐十郎が土間に立っていると、咲が戸口から顔を覗かせた。

「唐十郎さま、お耳に入れておきたいことがございます」

咲が小声で言った。

唐十郎はうなずくと、すぐに戸口から外に出た。屋外は夜陰につつまれている。晴れてきたのか、雲間から星のまたたきが見られた。

唐十郎はゆっくりと三条通りの方へ歩きながら、

「何かな」

と、咲に訊いた。

「町人が、木村屋の戸口を見張っておりました」

咲も歩きながら、唐十郎たちを尾行していた者ではないか、と言い添えた。

「何者だ」

唐十郎は、だれなのか思いあたらなかった。

「津島屋の奉公人のようです」

「なに！　津島屋の」

唐十郎の声が大きくなった。

「はい、津島屋のくぐり戸から入っていきました」

咲は、男が小柄で猫背だったことを言い添えた。

「茂平か！」

唐十郎の顔に驚きの色が浮いた。茂平とは思ってもみなかった。ただ、茂平と分かれば、思いあたることもある。慶泉寺に弁当を運んできたおりなどに、唐十郎たちの話に耳をかたむけていたのだ。

「どうしますか」

咲が訊いた。

「捕らえて、口を割らせる手もあるが……」

唐十郎は、茂平がだれとつながっているか知りたかった。夷誅隊の隊士ひとりとつながっているだけなら、茂平に白状させてもたいした役には立たない。

「茂平が夷誅隊の犬なら、犬を泳がせる手もあるが」

泳がせておけば、茂平が接触した相手を手繰《たぐ》ることができるだろう。

「跡を尾けるのですね」

「そうだ。犬が、あるじの居所を教えてくれるかもしれん」

唐十郎は、まだ正体の知れていない夷誅隊の頭目の居所が知りたいと思った。

「承知」

咲はきびすを返すと、足早に唐十郎から離れていった。

6

津島屋の離れの縁先で、唐十郎と十郎太が茶を飲んでいた。

穏やかな晴天である。陽が西の家並の向こうに沈みかけていた。高野槙の葉叢《はむら》の間から、縁先に淡い夕日が射し込み、戯《たわむ》れるように揺れている。

この日、十郎太は小袖に袴姿で、二刀を帯びていた。唐十郎の門弟という触れ込みで、津島屋に来ていたのだ。茶はおまつが淹《い》れてくれたのである。

「まだ、動かないな」

唐十郎が小声で言った。

唐十郎と十郎太の目は、離れの前の津島屋の店舗の脇にあるくぐり戸にむけられていた。高野槙の枝葉の間から見ることができたのだ。ふたりはそこで、茂平が動きだすのを待っていたのである。

この日の昼前、茂平がおまつと離れに顔を出したとき、唐十郎は、江戸から腕の立つ門弟が来ることになっている、と世間話のような調子で口にした。茂平はその話を聞いていた。茂平が夷誅隊の手先なら、江戸から来る門弟のことを伝えに行くはずである。

「そろそろ動くと思うが」

そう言って、唐十郎はくぐり戸に目をやった。

いつの間にか、葉叢から射し込む陽が消え、辺りは薄暗くなっていた。陽が家の向こうにまわっていたのだ。

「来ました」

十郎太が、声を殺して言った。

見ると、茂平がくぐり戸の方へ歩いていく。

「では、それがしが」

そう言って、十郎太が腰を上げた。

茂平の跡を尾けるのである。

十郎太は茂平がくぐり戸から出るのを見てから、その場を離れた。

十郎太はくぐり戸から出ると、通りの左右に目をやった。半町ほど先に、茂平の後ろ姿があった。茂平は三条通りの方へ足早に歩いていく。

十郎太は通りのなかほどを堂々と歩いた。武士体であるだけに、物陰に身を隠して尾けるわけにはいかなかったのである。

十郎太が慶泉寺の山門の前まで来ると、男がひとり門前から通りに出てきた。江島だった。黒の半纏に股引、手ぬぐいで頬っかむりして道具箱をかついでいた。どこから見ても大工である。

「前を行く猫背の男だ」

十郎太が小声で言うと、江島は黙ってうなずいた。

江島は慶泉寺の境内に待機していたのだ。茂平が三条通りにむかった場合、尾行を十郎太と交替するためである。江島と交替するといっても、十郎太がそこで尾行をやめるわけではなかった。十郎太は江島から半町ほど離れ、今度は江島の跡を尾けだした。状況によってすぐに入れ替わるためである。つまり、ふたりで茂平の跡を尾けたのだ。

江島も物陰に身を隠さなかった。途中で交替したので、茂平が振り返って目にしても尾行者と思わないだろう。

茂平は三条通りへ出ると、鴨川の方へ足をむけた。三条通りは賑わっていた。東海道から京へ入った旅人たちが、今夜の宿を探しながら行き過ぎていく。

茂平は鴨川に架かる三条大橋を渡り、さらに三条通りを東にむかった。

陽は西の山並の向こうに沈んでいた。まだ頭上の空は青かったが、通り沿いの店の軒下や樹陰などに淡い夕闇が忍び寄っている。

茂平は粟田口に入る手前を左手におれた。

……姿を消した隠れ家か。

そこは、前田家の裏手の隠れ家にむかう道だった。

茂平はいっとき歩くと、柴垣でかこった数寄屋ふうの家に入っていった。夷誅隊の者たちが、一度姿を消した隠れ家である。

江島が柴垣に身を寄せてなかの様子をうかがっていると、背後に人の気配がした。

振り返ると、十郎太が身をかがめて近付いてきた。

「舞い戻ったようだな」

十郎太が、声を殺して言った。

「なかに何人かいるようです」

家のなかから、くぐもったような話し声がした。男が複数いることは分かったが、小声で話の内容は聞き取れない。

「近付いてみますか」

江島がそう言って、腰を上げようとしたとき、戸口の方で引き戸をあける音がした。

「待て」

十郎太がとめた。

柴垣の隙間から戸口に目をやると、男がひとり出てきた。茂平だった。茂平は枝折り戸を押して通りに出ると、足早に北にむかった。

「どこへ行くつもりでしょう」

「尾けてみよう」

茂平がすこし離れてから、まず江島が通りへ出た。さらに、江島と半町ほどあけてから、十郎太が柴垣から離れた。

江島は家の陰や樹陰などに身を隠しながら茂平の跡を尾けていく。この辺りまで来ると、通行人の姿はほとんどなく、身を隠さないと、茂平に気付かれる恐れがあったのだ。

辺りは薄暗くなってきた。通り沿いの町家は表戸をしめ、人影もほとんどなかった。茂平は、人気のない寂しい町筋を足早に歩いていく。

しばらく歩くと、尾張徳川家の屋敷の脇に出た。

……ここは、菊川の屋敷に通じる道だ。

江島は、茂平が白川村の菊川屋敷にむかっているのではないかと思った。

江島の思ったとおりだった。茂平は、雑木林を抜け、菊川屋敷の木戸門の前に出た。そして、門扉を押してなかに入っていった。慣れた様子である。茂平は、何度か菊川屋敷に来ているようだ。

江島が木戸門の脇の板塀の陰に身を隠して、なかの気配をうかがっていると、十郎太が近付いてきた。

「やはり、ここか」

十郎太が、声をひそめて言った。

「声がしますよ」

「何人かいるようだ」

はっきりしないが、家のなかから何人かの男の声が聞こえた。

「夷誅隊のやつらだ」

十郎太が、目をひからせて言った。

「元の隠れ家に、舞い戻っていたわけですか」

「裏をかかれたな」

夷誅隊の者たちは、隠れ家を出たと思わせておいて、舞い戻っていたらしい。

「どうします」

「すこし、探ってみよう」

十郎太は表門の方へまわった。

江島がつづく。十郎太が門扉を押し、すこしあけると間をすり抜けて門内に入った。ふたりは、足音を忍ばせて声のする方に近付いていく。

7

「なに、菊川の屋敷に入ったのか」

唐十郎が声を上げた。

十郎太たちが、茂平の跡を尾けた三日後だった。慶泉寺の境内に、唐十郎、十郎太、咲の三人がいた。津島屋に姿を見せた咲に、唐十郎がここで話を聞くと十郎太に伝えてもらったのだ。津島屋では、茂平に不審をいだかれるからである。

「そこに、赤沢と倉田もいるようだ」

十郎太たち伊賀者は、菊川屋敷に侵入して探っただけでなく、近所の住人に聞き込んで、赤沢と倉田ら夷誅隊の者が、四、五人ひそんでいるらしいことをつかんでいた。

「菊川はただ者ではないな」

菊川は、夷誅隊をかくまっているだけではないようだ。

「それに、菊川屋敷に住み着いている郷士もふたりいるそうだ」

十郎太が言い添えた。

「すると、菊川もくわえて八人ほどになるのか」

そのとき、

……菊川が、夷誅隊の隊長ではあるまいか。

との思いが、唐十郎の脳裏をよぎった。

菊川が隊長なら、赤沢や倉田たちが舞い戻っても不思議はない。菊川屋敷は、前田家の裏手にある隠れ家にも近いし、夷誅隊の隊士たちをかくまったり、動かしたりするにもいい場所にある。

唐十郎がそのことを話すと、

「そうかもしれん」

十郎太が言い、咲もうなずいた。

「別の隠れ家には、何人ひそんでいるのだ」

唐十郎が訊いた。

「四人」

青島と井川がいるようだ、と十郎太が言い添えた。

「総勢十二人ほどか」

まだ、助造は刀をふるえなかった。唐十郎、新之助、それに五人の伊賀者では、討ち取れないだろう。下手に仕掛けると、返り討ちに遭う。

「すこしずつ始末するより手はあるまい」

十郎太が言うと、

「隠れ家を見張り、出かけた先で討ったらどうでしょう」

咲が、見張りは伊賀者ですると言い添えた。

「それしか手はないが、その前に始末したい者がいる」

「だれだ?」

「茂平だ。このままにしておいては、おれたちが動けん」

唐十郎や新之助の動きは、逐一夷誅隊に報告されるだろう。夷誅隊より先に唐十郎たちが斬られる恐れがあった。

「おれたちが始末する」

十郎太が言った。

「その前に、茂平に訊いておきたいことがある」

まだ、菊川が夷誅隊の隊長なのかはっきりしなかった。菊川屋敷にも出入りしている茂平なら、菊川が隊長なのか知っているだろう。

「茂平を捕らえて口を割らせるのか」

「そうするつもりだが、ともかく、おれが茂平を呼び出そう」

唐十郎が言った。

翌日の午後、唐十郎は津島屋の台所にいた茂平に声をかけた。

「茂平、頼みがある」

「へぇ」

茂平が上目遣いに唐十郎を見た。唐十郎の心底を、探るような目をしている。

「これを、小杉どのにとどけてくれんか。慶泉寺で剣術の稽古をしているはずだ」

唐十郎は、手にしていた風呂敷包みを差し出した。なかに、畳んだ小袖が入っている。十郎太から借りておいた物だった。伊賀者は変装に使う衣類を用意していたので、それを使ったのである。何でもよかった。茂平をひとりで、慶泉寺に使いにやる口実になればいいのだ。

「よろしゅうおまっ」

茂平は風呂敷包みを受け取ると、すぐに台所から出ていった。

唐十郎は茂平がくぐり戸から通りに出たのを見てから、くぐり戸へ足をむけた。茂平に気付かれないように慶泉寺へ行くのである。

唐十郎はくぐり戸から通りに出ると、慶泉寺のある方に目をやった。茂平の後ろ姿が、通りの先にちいさく見えた。

これだけ間があいていれば、気付かれることはないと思い、唐十郎も慶泉寺にむかった。

唐十郎が慶泉寺の山門をくぐると、本堂の脇に立っている茂平と新之助の姿が見えた。

新之助が風呂敷包みを手にし、茂平と何やら話していた。うまく茂平を引きとめているようだ。すでに、唐十郎は新之助に、茂平を捕らえる手筈を話してあったのだ。

唐十郎は小走りに茂平たちに近付いた。

「あれ、旦那はんも来はったんで」

茂平が、唐十郎を見て怪訝な顔をした。

「忘れ物があってな。後を追ってきたのだ」

言いながら、唐十郎は茂平に身を寄せた。

左手で祐広の鯉口を切り、右手を柄に添えていた。居合腰に沈め、抜刀体勢を取っている。

「……！」

茂平の顔が恐怖にひき攣った。

ワアッ、と声を上げ、茂平が逃げようとした。

刹那、唐十郎は抜きつけ、刀身を返しざま一閃させた。一瞬の早業である。唐十郎の峰打皮肉を打つにぶい音がし、茂平の上体が折れたように前にかしいだ。

ちが茂平の腹を強打したのだ。

茂平は二、三歩前によろめき、腹を押さえてうずくまった。顔をゆがめ、蟇《ひき》の鳴くような低い呻き声を洩らしている。

そのとき、本堂の裏手から十郎太と咲が姿をあらわした。

「茂平、訊きたいことがある」

唐十郎が切っ先を茂平の鼻先に突きつけた。

「……！」

一瞬、茂平は上目遣いに唐十郎を見上げたが、恐怖と激痛に顔をゆがめたまま視線を落とした。

「夷誅隊の頭は、だれだ」

唐十郎は単刀直入に訊いた。

「……し、知りまへん」

茂平が首を横に振った。

「おまえのことは、すべて探った。おれたちの跡を尾けて、行き先を夷誅隊に知らせていたことも、木村屋を見張っていたことも、四日前に隠れ家に知らせにいったことも分かっている」

唐十郎は、茂平が言い逃れできないように話したのだ。

「……！」

茂平の顔から血の気が失せ、頬に鳥肌が立った。恐怖で目がひき攣り、体が瘧慄《おこりぶる》いのように顫えだした。

「頭はだれだ」

唐十郎が切っ先を茂平の頬に当てた。

ビクッ、と茂平が首をひっ込めた。切っ先が頬を切り、血が一筋たらたらと流れ落ちた。

「頭は菊川里之助か」

唐十郎が低い声で訊いた。

すると、茂平が首を落とすようにうなずいた。

……やはり、そうか。

菊川は表には出ないようにして夷誅隊を動かしていたらしい。おそらく、強い尊王攘夷の思想を持っているのだろう。

「おまえを使っていたのは、菊川だな」

「た、頼まれて、知らせただけどす」

茂平が蚊の鳴くような声で言った。

「金か」

「へぇ……。それに、言うとおりにせんと命はないと脅されやしたさかい、仕方なく……」

茂平が首をすくめながら、三両貰ったことを言い添えた。

「夷誅隊だが、いま菊川屋敷と、前田屋敷の裏手にある隠れ家にいる者たちだけか」

「それだけどす」

「うむ……」

唐十郎は十郎太と咲に目をやり、何か訊くことはあるか、と声をかけた。

ふたりは、無言で首を横に振った。

そのやり取りを聞いた茂平が、

「……助けておくれやす」

と、唐十郎に掌《て》を合わせて言った。

「そうはいかん」

言いざま、唐十郎は手にした刀を茂平の胸に突き刺した。

命を奪うまでもないとは思ったが、このまま生かしておくと、菊川に知らせるはずである。捕らえて、監禁しておく場所もない。かわいそうだが、始末するより他になかったのだ。

「茂平の死体は、われらが片付けておきますよ」

十郎太が、低い声で言った。

第五章　京洛の狩り

1

「三人、辰野屋に入りました」

　咲が言った。

　この日、唐十郎が津島屋の縁先にいると、咲が姿を見せた。咲は江島とふたりで、前田家の屋敷の裏手にある隠れ家を見張っていたのだ。

「夷誅隊の者だな」

　唐十郎が訊いた。

「はい」

　どうやら、辰野屋は益田屋と同じように夷誅隊の馴染みの店らしい。隠れ家にこもっている男たちは、辰野屋で酒を飲むことがあるのだろう。咲と江島は隠れ家から出て、辰野屋に入った三人を尾けていたようだ。

「だれか分かるか」

　唐十郎は、倉田がいるかどうか知りたかった。

「青島はいましたが、他のふたりの名は分かりません」

咲によると、ふたりとも浪士ふうだという。

「ともかく、斬ろう」

唐十郎は、かたわらに置いてあった祐広を手にした。

「辰野屋を襲いますか」

「いや、それはできん。騒ぎが大きくなって、菊川たちの知るところとなろう」

唐十郎は、辰野屋からの帰りを狙ってひそかに始末したい、と言い添えた。

「森山どのたちの手も借りますか」

十郎太たちは、菊川屋敷を見張っているはずだった。

「そうしてくれ」

まだ、助造は使えなかった。唐十郎と咲だけでは、逃げられる恐れがあった。新之助も連れていくつもりだったが、戦力にはならないだろう。

「襲う場所は」

咲が訊いた。

「前田屋敷の裏手でどうだ」

その辺りは人気のない寂しい路地がつづき、近くに雑木林や藪などもあった。ひそかに三人を始末するにはいい場所だろう。

「承知」

「森山どのたちは、そこに呼ぼう」

「わたしが、声をかけます」

咲は縁先から立ち上がると、

「辰野屋の斜め前の路地に、江島がおります」

と言い残し、すぐにその場から離れた。おそらく、十郎太たちに知らせに行くのであろう。

唐十郎は祐広を腰に帯び、津島屋を出た。途中、木村屋に立ち寄って新之助に声をかけた。戦力にはならなかったが、新之助も闘いにくわえるつもりだった。倉田と立ち合う前に、真剣でひとを斬る経験をさせておきたかったのだ。

助造は、おれも連れていってくれ、と頼んだが、唐十郎は連れてこなかった。すでに、傷口からの出血はとまり、ふだんと変わらない暮らしをしていたが、斬り合いの激しい動きをすれば、傷口がひらくはずなのだ。

「小杉どの、おれが、斬れと声をかけてから斬り込むのだ」

歩きながら、唐十郎が言った。

下手に真剣で斬り合えば、新之助が返り討ちに遭うだろう。新之助には父の敵討ちという大願があった。いま、斬られるわけにはいかないのだ。

「分かりました」

新之助が顔をこわばらせて言った。

江島は辰野屋の斜向かいの旅籠と料理屋の間の路地にいた。そこから、辰野屋の店先を見張っていたらしい。

「三人は、店に入ったままか」

唐十郎が訊いた。

「はい、一刻（二時間）ほど前に」

江島によると、青島たち三人は、一刻ほど前に辰野屋に入ったまま出てこないという。

「飲んでいるようだな」

「さきほど、店の前まで行ってみました。……青島たちは、二階のなかほどの座敷にいるようです」

江島が聞き耳を立てながら店の前をゆっくり歩くと、二階の座敷から男たちの談笑が聞こえ、その声のなかに、青島どの、と呼ぶ声があったという。

おそらく、江島は常人より耳がいいのだろう。伊賀者のなかには、視力や聴力の優れた者もすくなくないのである。

「そろそろ出てくるだろう」

唐十郎は上空に目をやった。

暮れ六ツ（午後六時）を過ぎているだろうか。陽は沈み、西の空には血を流したような残照がひろがっていた。

それからいっときし、西の空の残照が赭黒い色に変わってきたとき、辰野屋から三人の武士が出てきた。

「青島たちです」

江島が声を殺して言った。

「酔っている」

青島たちの足元がふらついていた。都合がいい、と唐十郎は思った。酒の酔いは反応をにぶらせ、一瞬の動きを遅らせる。

「尾けるぞ」

唐十郎たちは、青島たちが半町ほど離れたところで路地から通りへ出た。

青島たちは、鴨川の方へ歩いていく。隠れ家に帰るのであろう。

尾行は楽だった。三条通りは、まだ人影があった。いまだ宿の決まらない旅人や飄客《ひょうかく》などが、行き交っている。

青島たちが三条大橋を渡り、しばらく三条通りを歩いたところで、

「先まわりするぞ」

と唐十郎が言って、脇道に入った。

ここまで来れば、青島たちが前田屋敷の裏手の隠れ家に帰るのはまちがいなかった。先まわりして、前田屋敷の裏手で待っているであろう咲たちと合流し、青島たちを討つのである。

2

濃い夕闇が、路地をおおっていた。頭上にも薄闇がひろがり、星の瞬きが見られた。前田屋敷の裏手だった。人影のない寂しい通りである。

路地沿いに、笹藪が繁茂していた。その笹藪の陰に、いくつかの人影があった。唐十郎、咲、十郎太、江島、新之助の五人である。

「そろそろだな」

唐十郎は、辺りに目をやって言った。だいぶ暗くなっていたが、まだ刀をふるうこ

とはできるだろう。

「来ました！」

江島が声を上げた。

通りの先に目をやると、黒装束の男が走ってくる。木下だった。忍び装束で来ていたのである。

木下は唐十郎たちのそばに走り寄ると、

「青島たち三人。この通りへ入りました」

と、抑揚のない声で言った。さすが、伊賀者である。走って来たのに、まったく息が乱れていない。

「夏目は」

十郎太が訊いた。木下と夏目は数町ほど先で、青島たちがこの路地に入るかどうか見張っていたのだ。

「青島たちの背後につくはずです」

木下によると、青島たちをやりすごして背後から尾けてくるそうだ。

「ここで、仕掛けよう」

唐十郎が言うと、

「散れ！」

　と、十郎太が声を上げた。

　十郎太、咲、江島、木下の四人が、ふたりずつ通りの左右に分かれて疾走した。そしてすぐに笹藪や樹陰などに身を隠した。青島たちが逃げたとき、通りの左右から手裏剣を打って仕留めるのである。

「き、来た！」

　新之助が昂った声で言った。顔が緊張してこわばっている。

　青島たち三人の姿が、路地の先に見えた。まだ酔っているらしく、濁声や下卑た笑い声などが聞こえてきた。

「小杉どの、後ろから来てくれ」

　そう言って、唐十郎は路地へ出た。

　ゆっくりとした足取りで、青島たちに近付いていく。新之助は、すこし間をおいてついてくる。

　唐十郎は青島たちに迫った。青島たちは、歩をとめなかった。まだ談笑している。

　唐十郎の姿は目に入っているはずだが、おそらく夜陰に霞み、唐十郎であることが分からないのだろう。

唐十郎が青島たちまで十間ほどに迫ったとき、長身の青島が足をとめ、
「狩谷だ！」
と、叫んだ。
他のふたりも、その場に立ち竦んだ。
唐十郎は疾走した。
迅い。淡い夜陰のなかを駆け抜ける野獣のようだった。虎足である。
唐十郎は走りながら左手で鯉口を切り、右手を柄に添えていた。新之助も、必死で
唐十郎の後を追ってくる。
「敵はふたりだ！」
叫びざま、青島が抜刀した。
その声に、立ち竦んでいたふたりも、目をつり上げて抜刀した。三人の手にした刀
身が、夜陰のなかで銀蛇《ぎんだ》のようににぶくひかっている。
唐十郎は青島に急迫した。
一足一刀の間境に迫るや否や、
イヤアッ！
裂帛の気合を発し、青島にむかって抜きつけた。

シャッ！　という刀身の鞘走る音とともに、夜陰を稲妻のように切り裂いた。

袈裟へ。

ザックリ、と青島の肩先が裂けた。青島は唐十郎の斬撃を受けようとして刀を振り上げたのだが、間にあわなかったのだ。

青島は、喉のつまったような呻き声を上げてよろめいた。

唐十郎は青島にはかまわず、左手にいた痩身の男に斬り込んだ。入身左旋の神速の体捌きである。

次の瞬間、骨を断つにぶい音がし、痩身の男の右腕が垂れ下がった。唐十郎の一撃が、男の右の二の腕を骨ごと截断したのだ。

男は凄まじい絶叫を上げてよろめいた。截断された腕から、血が赤い筋になって流れ落ちている。

これを見たもうひとりの男は、悲鳴を上げて逃げだした。

唐十郎は逃げる相手にかまわず、

「小杉どの、青島を斬れ！」

と、叫んだ。叱咤《しった》するような激しい声だった。

この声に、新之助が弾《はじ》かれたように斬り込んでいった。

エエイッ！

甲走った声を上げ、真っ向へ。

その切っ先が、青島の側頭部へ入った。ザバッ、と鬢《びん》が削げ、片耳が飛んだ。新之助の斬撃が、青島の側頭部を斬り下げたのである。

青島が凄まじい絶叫を上げて身をよじった。血が飛び散り、顔が熟柿のように血まみれになった。

「いま、一太刀！」

唐十郎が叫んだ。

すぐに、新之助が体当たりするように飛び込み、突きをみまった。

切っ先が、青島の胸から背に抜けた。

青島は低い唸り声を上げて、その場につっ立った。新之助は両手で刀の柄を握りしめたまま青島に身を寄せている。

数瞬、ふたりは体を密着させたまま動かなかった。

ゆらっ、と青島の体が揺れた。その瞬間、新之助が身を引きながら刀を抜いた。青島の胸から血が奔騰《ほんとう》し、上半身を真っ赤に染めていく。

ふいに、青島が腰からくずれるように倒れた。

青島は地面に伏臥《ふくが》したまま動かなかった。すでに、絶命しているらしい。夜陰のなかで、血の滴《したた》り落ちる音が妙に生々しく聞こえた。

新之助は、青島のそばにつっ立っていた。目をつり上げている。何かに憑《つ》かれたような顔である。

「みごとだ」

唐十郎が新之助に声をかけた。胸の内で、これなら倉田を討つことができそうだ、と思った。

「は、はい……」

新之助が声を震わせて言った。夜陰のなかで、目がギラギラひかっている。ひとを斬ったせいで、異様に気が昂っているのだ。

唐十郎は、逃げたひとりの方へ目をやった。

すでに、路上に倒れていた。咲や十郎太たちの手裏剣で、斃されたのだ。

……まず、三人。

唐十郎は胸の内でつぶやいた。

3

唐十郎たちが夷誅隊の三人を仕留めた二日後、さらにふたりの隊士を十郎太たち伊賀者が斬った。菊川屋敷から前田屋敷の裏手の隠れ家に様子を見にいったふたりの隊士を襲ったのである。

その三日後、木村屋の座敷に、五人の男が集まっていた。唐十郎、十郎太、江島、助造、新之助である。咲の姿はなかった。男たちの酒席にくわわりづらかったのであろう。それに、咲にすれば、後で唐十郎から話を聞けばよかったのである。

「用心して、菊川屋敷から出歩かなくなったぞ」

十郎太が言った。

唐十郎や十郎太たちが、夷誅隊の隊士を始末したことは、菊川や赤沢たちにつかまれていないという。それというのも、十郎太たちは、討ちとった隊士の死体を人目に触れないように埋めておいたからだ。

ただ、菊川たちも仲間の姿が見えなくなったことに気付き、警戒してほとんど屋敷を出なくなったという。

「屋敷を出るには出るのだがな。討つ機会がないのだ」

十郎太によると、菊川や赤沢たちは、用心して何人かで日中出かけるようにしているという。

「うすうす、おれたちに斬られたと気付いているからではないのか」

「そうかもしれん」

「残るのは、七人か」

すでに、十二人のうち五人始末していた。ただ、腕の立つ赤沢と倉田が残っている。それに、菊川やふたりの郷士の腕のほどが分からない。

「今度は、わたしも行きますよ」

助造が身を乗り出すようにして言った。

「まだ、無理だろう」

唐十郎は、助造を追っ手にくわえるのは傷が癒《い》えてからにしようと思っていた。

「もう、だいじょうぶです」

このとおり、と言って、助造は体をひねってみせた。

体はまわったが、助造自身も加減してまわしていた。まだ、傷口がふさがっていないのである。

「いずれにしろ、菊川の屋敷に侵入するつもりだ」

十郎太が言った。

「菊川や倉田たちを討つつもりか」

「いや、まず、やつらが屋敷のどこに寝泊まりしているか探ってみる」

十郎太によると、屋敷はひろいので、分散して寝泊まりしているなら、襲撃もできるのではないかという。

すでに、十郎太たちは屋敷内に侵入して探っていたが、赤沢や倉田がどこに寝泊まりしているか、まだつかんでいなかった。

「そうだな」

唐十郎も、敵の人数が多数でも方法によっては十分勝機はあるとみた。それに、十郎太たちは伊賀者だった。屋敷内の侵入や探索の腕は、常人とはちがうのである。

「おれも行こう」

唐十郎が言った。

「狩谷どのも。……屋敷を探るだけだが」

十郎太は、伊賀者の仕事だと思ったようだ。

「いや、おれは屋敷内に侵入しない。外から、屋敷の様子を見るだけだ」

唐十郎は板塀のまわりから、母屋、納屋、厩などの場所を確かめるとともに、屋敷の外での闘いの場を見ておきたかった。新之助に倉田を討たせるには、屋敷の外がよかったのである。

唐十郎も菊川屋敷に行ったとき、表の玄関まわりは見ていたが、脇や裏手がどうなっているのか分からなかった。

「ならば、明日にも」

十郎太が承知した。

その日、久し振りに唐十郎たちは夜まで酌《く》み交わした。


翌日、陽が沈んでから唐十郎は木村屋を発った。助造と新之助は同行しなかった。様子を見るだけなので、連れていく必要はなかったのだ。

三条大橋のたもとで咲が待っていた。咲は根結い垂れ髪で、網代笠をかぶって顔を隠し、小袖に野袴姿だった。若侍ふうの格好である。

「森山どのたちは」

歩きながら唐十郎が訊いた。

「菊川屋敷の雑木林のなかで、待っているはずです」

「そうか」

菊川屋敷の手前に雑木林があったのだ。

唐十郎と咲は、鴨川沿いの通りを川上にむかって歩いた。陽は沈み、辺りは濃い暮色に染まっていた。それでも、上空には明るさが残っていて、鴨川の浅瀬は白く浮き上がったように見えていた。足元から、せせらぎが聞こえてくる。

「唐十郎さま、赤沢はわれら伊賀者にまかせていただけませんか」

咲が言った。

「赤沢は強敵だぞ」

伊賀者の飛び道具だけで、赤沢を討ちとるのはむずかしいだろう。

「承知しております。ですが、唐十郎さまたちは、倉田を討たねばならないのでしょう」

咲の声には、心配そうなひびきがあった。どうやら咲は、唐十郎が赤沢と倉田のふたりと闘うことを心配しているらしい。

「うむ……」

唐十郎も、ひとりで赤沢と倉田を相手にすることはできないと思っていた。赤沢ひとりだけでも、後れをとるかもしれないのだ。

「取りかこんで、手裏剣を打てば何とかなるはずです」

「だが、咲たちは菊川を討たねばなるまい」

夷誅隊の隊長である菊川こそが、咲たちの本命だった。咲たち伊賀者は、菊川を逃がすわけにはいかないはずだ。

「ですが……」

咲は口をつぐんだ。唐十郎に助勢したいと言いたかったようだが、咲には伊賀者組頭としての任務がある。

「屋敷の様子を見てからだな」

そのためもあって、菊川屋敷を見に行くのである。

唐十郎と咲はそんなやり取りをしながら、菊川屋敷の近くの雑木林のなかにさしかかった。頭上には星の瞬きが見られ、林のなかは夜陰につつまれている。風のない静かな夜で、どこかで梟の鳴く声が聞こえた。物寂しいひびきである。

4

「まいりますか」

十郎太が言った。

雑木林の夜陰のなかに、十郎太たち伊賀者がいた。忍び装束に身をつつんでいるため、その姿は闇に溶けていた。ふたつの目だけが、夜禽《やきん》のようにひかっている。

「行こう」

「では、われらが先に」

十郎太が立ち上がった。

辺りの闇のなかで、何人かの立ち上がる気配がした。すぐに、枯れ葉を踏むかすかな音とともに、一陣の風が吹き抜けるような気配がした。十郎太につづいて、江島たちが林のなかを駆け抜けているのだ。

唐十郎は咲の後ろについた。

いっとき雑木林のなかの道を歩くと、視界がひらけ、前方に菊川屋敷が見えてきた。夜陰のなかにかすんでいたが、頭上の月のひかりで、屋敷の黒い輪郭ははっきりと見ることができた。

「咲は、どうする」

菊川屋敷の手前まで来て、唐十郎が訊いた。

「唐十郎さまと、屋敷のまわりを探ってみます」

咲が小声で言った。

「頼む」

咲は夜目が利く。こうした探索は、咲が頼りになるのだ。

「十郎太たちは、屋敷内に侵入したのか」

唐十郎が訊いた。

菊川屋敷のまわりに人影はなかった。かすかに、明りが洩《も》れている。

「はい」

「まかせるしかないようだな」

唐十郎は足音を忍ばせ、木戸門の近くから板塀沿いにまわり始めた。咲は黙って跟《つ》いてくる。

唐十郎は所々で足をとめ、板塀の間からなかを覗いてみた。母屋は奥行きがひろかった。裏手からも灯《ひ》が洩れている。そこに、赤沢たちがいるのかもしれない。

母屋の裏手にまわってみた。裏手は思ったよりひろかった。納屋と土蔵、それに厩があった。厩に馬はいないようだ。気配がないのである。

咲が納屋に目をやり、

「唐十郎さま、納屋から灯が洩れています」

と、声を殺して言った。

「納屋にも、だれか寝泊まりしているようだ」

納屋といっても大きかった。一部屋ぐらいは、とれるかもしれない。母屋に泊まりきれない者が、そこに宿泊していてもおかしくはない。

唐十郎は裏手に目をやり、

……ここに、倉田を引き出そう。

と、思った。ひろさは十分だし、足場も悪くないようだ。

ただ、倉田がどこに寝泊まりしているかである。二階や表に近い座敷なら、裏手に引き出すのはむずかしくなる。

裏手にも、丸太を立てただけのちいさな木戸門があった。そこから、小径をたどって別の道へ出ることができるようだ。

「ここから、逃げようとする者がいるかもしれません」

咲が小声で言った。

「そうだな」

旗色が悪くなったら裏手から逃げようとするだろう、と唐十郎もみてとった。

唐十郎と咲は板塀沿いに屋敷のまわりを歩き、表門の近くにもどった。門扉の間からなかを覗いてみたが、十郎太たちの姿は見えなかった。十郎太たちのいる気配もなかったし、物音も聞こえてこない。

「もどろう」

屋敷内の探索は、十郎太たちにまかせるしかない。

唐十郎と咲は、雑木林を抜けたところで足をとめた。十郎太たちと顔を合わせた場所である。探索が終わったら、十郎太たちとこの辺りで待ち合わせることにしてあったのだ。

半刻（一時間）も経ったろうか。唐十郎たちが路傍の朽ち木に腰を下ろして待っていると、近付いてくるかすかな足音がした。

「来ました」

咲が小声で言った。

唐十郎には姿が見えなかったが、咲は十郎太たちであることが分かったらしい。

足音が間近になり、夜陰のなかに黒い人影がぼんやりと浮かび上がった。十郎太と江島である。

「木下と夏目は残してきた」

十郎太によると、見張り役としてふたりを残してきたという。

「赤沢や倉田はいたのか」

唐十郎は、まずそのことを訊いた。

「いた。残った夷誅隊の者は、菊川屋敷に集まっているようだ」

十郎太が、くぐもった声で言った。覆面をしているせいである。唐十郎にむけられた双眸が、夜禽のようにひかっている。

「母屋の玄関近くの部屋に四、五人、奥に三人。それに、納屋に三人いる」

十郎太によると、部屋に近い板塀に耳を付けたり、床下にもぐり込んだりして声を聞き取り、部屋にいる人数を把握したという。人数が増えている。また新たにくわった者がいるのだろう。

「倉田と赤沢は？」

「奥の部屋にいるようだ」

十郎太が言うと、脇にいた江島が、

「倉田と赤沢を呼ぶ声が聞こえました」

と、言い添えた。どうやら、奥の部屋は江島が探ったようだ。母屋の奥は、裏手に近い場所である。

「裏手へ引き出すか」

唐十郎は、赤沢と倉田を裏手に引き出そうと思った。ただ、納屋にいる三人も駆け付けるだろう。そうなると、六人の敵を相手にしなくてはならなくなる。唐十郎と新之助だけでは、とても無理だ。何か手を考えねばならない。

「ところで、菊川は？」

唐十郎が訊いた。

「菊川は二階に」

十郎太によると、菊川と家族の寝間は二階らしいという。

「夜中、屋敷内に侵入して討ち取る手もあるが。……ただ、二、三人だけだ」

十郎太が言った。寝込みを襲っても、二、三人しか討ち取れないという。気付かれたところで逃げ出さなければ、十郎太たちが仕留められるそうだ。

「策をたてよう」

いずれにしろ、菊川屋敷を襲って討つより手はないのだ。

5

「お初さん、行かねばならんのだ」

助造が苦悶の顔で言った。

助造は新之助から菊川屋敷を襲撃すると聞き、自分も行こうと腹をかためた。体をひねると、にぶい痛みがはしったが傷口がひらくようなことはないだろう。それに、傷口がひらいたとしても、命を落とすほどのことはない。

助造が部屋に茶を運んできたお初に、夷誅隊を征伐に行く、と話すと、とたんにお初の顔色が変わった。

「いやや！　行かんといて」

お初は、顔をこわばらせて言った。いつになく、甲走った声である。

「おれは、行く」

助造は、ここで唐十郎たちとともに闘わなければ、武士として生きることはできないと思った。新之助の敵討ちにくわわらず、師である唐十郎に助太刀を押しつけてしまうことになるのだ。

「いやや。うち、怖いんや。箕田さまが斬られると思うと、怖くて……」

お初が、だだをこねるように身をよじった。

「行かねば、武士として、師匠と小杉どのに顔向けできんのだ」

「うちを、捨てて行きはるのか」

お初が、泣き声で言った。

「捨てるなど……」

助造は、そんなふうに思ったことはなかった。

「箕田さま、刀を捨てておくれやす」

お初が、助造を見すえて訴えるように言った。その目に、娘とは思えぬ強いひかりが宿っている。

「そ、それは、できん」

百姓がいやで、故郷の箕田村を捨てて江戸へ出たのだ。武士として生きられるかどうか分からないが、剣に生きることはできるはずだ。

「うちは、木村屋のひとり娘どす。家を出ることは、できへん」

お初が声を強くして言った。

「……！」

助造は、お初が何を言おうとしているか分かった。刀を捨てて、木村屋の婿《むこ》になって欲しいと言っているのだ。まだ、少女らしさを残した娘だが、いまの助造についていけないことは分かっているのだろう。

「箕田さま、うちを捨てないで……」

お初は、また涙声になった。唇が震え、目に涙が浮かんでいる。

助造は、その場に凍りついたようにつっ立った。胸の内で、何かがはげしくせめぎ合っている。

だが、助造は剣を捨てることはできないと思った。剣を捨てれば、これまでの己を捨てることになるのだ。

「と、ともかく、行く」

助造は、すぐにもどる、と言おうとして、言葉を呑み込んだ。もう、ここにはもどれない、と思ったのである。

「……………！」

ふいに、お初は両手で顔を覆い、へたり込むように座敷に座り込んだ。そして、肩を震わせ、しゃくり上げるように泣きだした。

「お、おれは、行くぞ」

そう言い置き、助造は座敷から出ていった。

慶泉寺の本堂の前に、新之助が立っていた。まだ、唐十郎の姿はなかった。助造は新之助から、慶泉寺で唐十郎と会い、倉田と夷誅隊を討ちに行くと聞いていたのだ。

「箕田どの、どうしてここへ」

新之助が驚いたような顔をして訊いた。助造は、木村屋に残っていると思っていたようだ。

「おれも行く」

助造は、迷いを吹っ切るように言った。

「でも、傷が」

新之助は、助造の腹に目をやった。

「傷は癒えている。それに、今日行かなければ、京まで来た甲斐《かい》がないからな」

「ですが……」

新之助は戸惑うような顔をした。

「行けば、おれも何かの役に立つだろう」

助造がもっともらしい顔をして言った。

そのとき、山門の方から足音が聞こえた。唐十郎だった。山門をくぐって、本堂の方へ近付いてくる。唐十郎は助造を目にとめたようだが、まったく表情を動かさなかった。

唐十郎は助造たちに歩を寄せると、

「助造、行くつもりか」

と、訊いた。

「はい、傷は癒えました」

唐十郎は口元に苦笑いを浮かべたが、すぐに表情を消し、

「無理をするな」

とだけ言った。唐十郎には、助造の胸の内が分かっていたのだろう。

唐十郎が姿を見せていっときすると、咲が姿を見せ、助造に目をむけて驚いたような顔をした。

「助造も、くわわるそうだ」

唐十郎が言った。

咲は何も言わず、ちいさくうなずいただけだった。咲にも、助造の胸の内が分かったのかもしれない。

「そろそろだな」

唐十郎が上空に目をむけて言った。

七ツ（午後四時）を過ぎていた。陽は西の家並の向こうに沈みかけている。唐十郎たちは、菊川屋敷が夕闇につつまれたころ襲撃する策をたてていたのだ。

「まいろうか」

唐十郎が、先に立って歩きだした。助造、新之助がつづき、咲は最後尾についた。

尾張徳川家の屋敷の裏手を過ぎた雑木林のなかで、十郎太と江島が待っていた。ふたりとも柿色の忍び装束姿である。

「木下と夏目は？」

唐十郎が訊いた。ふたりの姿がなかったのだ。

「ふたりは、菊川屋敷を見張っている」

十郎太によると、屋敷に何か異変があれば報《し》らせにもどるはずだという。

「そうか」

赤沢や倉田は、屋敷内にいるとみていいのだろう。

十郎太が、林のなかに視線をまわし、

「もうしばらく待とう」

と、言った。すでに、陽は沈んでいたが、上空には明るさが残っていた。林間は淡い夕闇が忍び寄っていたが、まだひとの姿を隠すほどの暗さはなかった。

それから小半刻（三十分）ほどすると、林のなかはだいぶ暗くなってきた。黄昏《たそがれ》時であろうか。

「まいろう」

十郎太が立ち上がった。

唐十郎たちも、菊川屋敷にむかって歩きだした。十郎太たち伊賀者は、雑木林のなかを抜けていく。

6

菊川屋敷は夕闇につつまれていった。辺りに人影はなく、寂然としていた。すこし風があった。路地沿いの雑草がサワサワと揺れている。

唐十郎たちが、菊川屋敷の表門近くの樹陰に身を寄せると、十郎太があらわれた。

「屋敷から出た者はいない」

十郎太によると、見張っていた木下と夏目から報告があったという。

「おれたちは、裏手から踏み込む」

唐十郎が言うと、

「われらが先に、表から」

と、十郎太が言った。

「承知した」

唐十郎は樹陰から離れ、板塀に近付いた。板塀沿いをたどって裏手へまわるのである。

助造、新之助、それに咲がつづいた。咲は、物陰から手裏剣を打って唐十郎たちを援護することになっていたのだ。

唐十郎たちは、裏手の木戸門の前に出た。手で押すと、門扉は簡単にあいた。もっとも粗末な門扉で、閂をかっておいたとしても簡単に破れるだろう。板塀も裏手は古く、所々板が朽ちて落ちていた。その気になれば、侵入する場所はいくらもある。

「支度をしろ」

唐十郎は袴の股立を取り、襷で両袖を絞った。助造と新之助も、同じように支度をした。いよいよ闘いが始まるのである。

「行くぞ」

唐十郎は小声で言って、門内に踏み込んだ。

母屋につづいて土蔵があり、土蔵の後ろに厩と納屋が並んでいた。

唐十郎たちは納屋に近付いた。まず、納屋にいる三人を斃すつもりだった。下手をすると、母屋から飛び出してきた敵と納屋から出てくる敵に、挟み撃ちにされる恐れがあったのだ。

納屋の前は引き戸になっていた。戸の隙間から、かすかに灯がもれている。なかにひとがいるらしく、くぐもったような声が聞こえた。

唐十郎と助造が、納屋の戸口の前に立った。唐十郎は両手を下げたままだったが、助造は左手で刀の鯉口を切り、右手を柄に添えていた。居合の抜刀体勢をとったのである。

新之助と咲は、唐十郎たちからすこし間をとって立った。新之助は抜刀し、咲は棒手裏剣を手にしている。

そのとき、母屋の表の方で、絶叫がひびき、荒々しい足音や障子をあける音がした。つづいて、敵襲！　と叫ぶ声が聞こえた。

十郎太たちが、屋敷内に踏み込んだのである。

すぐに、唐十郎が動いた。納屋の引き戸をあけ放ち、

「敵襲！　出合え！」

と、叫んだ。

その声で、納屋のなかの人影が揺れ、怒号がひびいた。

すぐに、男がひとり、大刀をひっつかんで戸口から飛び出してきた。さらに、ふたりの男がつづく。

間髪《かんはつ》をいれず、唐十郎が飛び出してきた男に身を寄せざま抜きつけた。体が躍り、腰元から閃光がはしった。

袈裟へ。稲妻のような一颯《いっさつ》だった。

ギャッ！　という絶叫を上げて、男がのけ反った。唐十郎の切っ先が、男の肩口を深くえぐった。男が血を飛び散らしながら、たたらを踏むように泳いだ。

戸口から、つづいてふたりの男が飛び出してきた。

すかさず、助造が走り寄る。

イヤアッ！

裂帛の気合を発し、助造が抜きつけた。

真っ向へ。

小宮山流居合の初伝八勢、真向両断である。

にぶい骨音がし、飛び出してきた男の頭頂から額にかけて縦に裂けた。次の瞬間、柘榴《ざくろ》のように割れた頭から血と脳漿が飛び散った。

男は腰からくずれるように転倒した。血の流れ落ちる音がするだけで、悲鳴も呻き声も聞こえなかった。

もうひとりの男は、ふたりが斬られたのを目の当たりにすると、悲鳴を上げて逃げだした。その男の背に、咲の打った手裏剣が刺さった。

男は絶叫を上げて身をのけ反らせたが、なおも逃げようとした。

「待て!」

新之助が走り寄った。

エエイッ!

甲走った声を上げ、新之助が男の背後から斬りつけた。

一撃が、男の首根に入った。

次の瞬間、男の首根から血が飛び散った。男は血を撒きながらよろめき、頭から前につっ込むように倒れた。

「き、斬れた!」

新之助が目をつり上げて言った。血刀をひっ提げたままつっ立ち、ハァ、ハァ、と荒い息を吐いている。

そのとき、唐十郎が、

「母屋だ!」

と一声上げ、母屋の裏手に走った。

助造と咲がつづき、新之助が慌てて後を追った。

唐十郎は母屋の裏手へ近付くと、

「敵襲！　……裏手だ。裏手へまわれ！」

と、叫んだ。敵が裏手から侵入すると思わせ、赤沢や倉田をおびき出そうとしたのである。

助造、新之助、咲の三人は、背戸からすこし離れ、赤沢たちが飛び出してくるのを待った。

十郎太たちが屋敷内に踏み込んだとき、赤沢と倉田、それに柴山《しばやま》という郷士が、母屋の奥の座敷にいた。三人は貧乏徳利の酒を飲んでいたが、表近くの座敷で絶叫が起こり、敵襲！　という声が聞こえると、かたわらに置いてあった刀をひっつかんで立ち上がった。

「狩谷たちか！」

赤沢が声を上げた。

「屋敷内に踏み込んできたようだぞ」

と、倉田。

「おのれ！　今日こそ、皆殺しにしてくれる」

赤沢が憤怒に顔を赭黒く染めて言った。

そのとき、裏手からも、敵襲！　出合え！　という叫び声が聞こえた。

「裏手からも、来たぞ」

倉田がけわしい顔をして言った。

「挟み撃ちか」

「ともかく、菊川どのを逃がさねば」

「柴山、菊川どのをここに呼ぼう」

「ご家族は」

「菊川どのだけだ。家族まで、連れて逃げられん。それに、きゃつらも家族まで斬ることはあるまい。……柴山、菊川どのを呼んでくれ」

「承知」

柴山はすぐに座敷から飛び出していった。母屋のなかほどに二階につづく階段があった。いまなら、表にちかい座敷での闘いに巻き込まれずに、菊川を連れてくることができるだろう。

そのとき、裏手でふたたび絶叫がひびいた。裏手では、敵との闘いがつづいているらしい。ただ、表の方の闘いの音は、聞こえなくなった。侵入した敵が、反撃にあって身を引いたのかもしれない。

「倉田、おれと柴山とで、裏手からの侵入をふせぐ。おまえは、表の座敷にいる者たちとともに菊川どのを守って、外へ逃げてくれ」

赤沢が言った。

「承知した」

そこへ、柴山が菊川を連れてもどってきた。

菊川は顔をこわばらせていたが、取り乱した様子はなかった。

「妻子は隠した」

菊川によると、二階の隅の納戸のなかに家族を隠したという。こうした襲撃もあると、予想していたのかもしれない。

「菊川どの、ひとまず倉田どのと逃げてくれ」

赤沢が言うと、

「分かった」

すぐに、菊川がうなずいた。

「玄関から外へ出よう」

倉田が先にたって座敷から出た。菊川がつづく。

「柴山、行くぞ」

「おお!」

赤沢と柴山は座敷から出ると、裏手へ小走りにむかった。

7

ガタリ、と音がして、母屋の背戸があいた。戸口から顔を出したのは、赤沢と柴山だった。もっとも、唐十郎たちは柴山の名は知らなかった。

「来たぞ!」

唐十郎が声を殺して言った。

……ふたりだけか。

倉田の顔はなかった。それに、思ったより人数がすくない。菊川を表から逃がしたのであろう。

「咲、表へまわってくれ。……闘わずに、菊川の行き先をつきとめろ」

倉田と菊川が表へまわると、十郎太たちの戦力では応戦しきれなくなるはずだ。斬り合いになると、伊賀者が殲滅する。

「承知」

咲が反転して駆けだした。状況を察知したのである。

赤沢と柴山は立っている唐十郎たちに気付くと、抜刀して近付いてきた。ふたりの刀身が淡い夜陰のなかで、にぶい銀《しろがね》色にひかっている。

「助造、ひとり斬れ」

言いざま、唐十郎は赤沢に歩を寄せた。

左手で刀の鯉口を切り、右手を柄に添えた。

赤沢が寄り身をとめた。唐十郎との間合は、およそ四間半。赤沢は青眼に構えた。切っ先を唐十郎の目線につけている。

……鬼哭の剣を遣う。

唐十郎は、居合腰に沈めた。

赤沢との間合は十分あった。今度は、鬼哭の剣を遣うことができるだろう。

「行くぞ」

赤沢が足裏を擦るようにしてジリジリと間合を狭めてきた。

赤沢の体が、切っ先のむこうに遠ざかったように見えた。剣尖《けんせん》の威圧で間合を遠く見せているのだ。

唐十郎は気を鎮めて、間合と赤沢の斬撃の起こりを読んでいた。鬼哭の剣は抜刀の迅さはむろんのこと、正確な間積もりと敵の気の読みが大事である。

ふたりの間合が、しだいにつまってきた。赤沢の全身に気勢が満ち、斬撃の気がみなぎってくる。

唐十郎は動かなかった。鬼哭の剣をはなつ機をうかがっている。

赤沢が鬼哭の剣をはなつ間合に近付くと、唐十郎の全身に抜刀の気配が満ちてきた。

ふいに、赤沢の寄り身がとまった。顔に戸惑うような表情が浮いている。まだ、一足一刀の間境の外だったが、唐十郎に抜刀の気配があったからであろう。

つつッ、と唐十郎が間合をつめた。

刹那、赤沢の全身に斬撃の気がはしり、唐十郎の体がさらに沈んだ。

イヤアッ！

裂帛の気合を発し、唐十郎の体が前に跳んだ。シャッ、という刀身の鞘走る音とともに、閃光が逆袈裟にはしった。唐十郎が跳躍しながら抜きつけたのである。まさに、神速の一刀だった。

間髪をいれず、赤沢も踏み込みざま袈裟に斬り込んだ。

逆袈裟と袈裟。

二筋の閃光が、稲妻のように交差した。

赤沢の切っ先が空を切って流れた瞬間、赤沢の首筋から血が噴いた。唐十郎の切っ先が赤沢の首筋をとらえたのだ。

一瞬、赤沢に驚愕の表情が浮いた。唐十郎が仕掛けたのは一足一刀の間境の外で、首筋まで切っ先のとどかない間合だったからであろう。

鬼哭の剣は、通常ではとどかない遠間から仕掛けることができるのだ。

居合は五寸の利ありと言われている。片手斬りのため、刀を手にした肘が伸びるのだ。ところが、鬼哭の剣は前に跳びながら抜きつけるため、肘だけなく、体全体が前に伸びる。そのため立ったまま斬りつけるより、一尺ほども前に伸びるのだ。これが、鬼哭の剣の恐ろしさである。

赤沢は驚愕に目を剝いたまま つっ立った。首筋から血が噴いて赤い帯のように飛び、ヒュー、ヒュー、と物悲しい鬼哭の音をたてている。

数瞬、赤沢は血を撒きながらつっ立っていたが、手にした刀が足元に落ち、ゆらっと体が揺れた。

赤沢は何か言おうとしたが、言葉にはならず、腰から沈むように転倒した。

唐十郎は助造に目を転じた。

柴山がよろめき、助造がさらに踏み込んで二の太刀をふるうところだった。

踏み込みざま、袈裟へ。

助造は、二の太刀を柴山の肩口から胸にかけて斬り下げた。膂力《りょりょく》のこもった斬撃だった。柴山の肩口から胸部まで斬り込んでいる。

……刀がふるえるようだ。

唐十郎は、助造が十分に刀が遣えることをみてとった。

助造が柴山を斃したのを目にした唐十郎は、

「表にまわるぞ。倉田たちを追う」

と、助造と新之助に声をかけた。

「は、はい」

助造が声を上げた。

唐十郎は母屋の脇から表へ走った。助造と新之助がつづく。

母屋の玄関まわりに人影はなかった。斬り合う音も話し声も聞こえなかった。夜陰と静寂につつまれている。

「お師匠、ひとが」

助造が表門の脇に走り寄った。

見ると、倒れている人影があった。かすかに、呻き声も聞こえる。唐十郎と新之助も駆け寄った。

浪士ふうの男だった。背中に棒手裏剣が刺さっている。十郎太たちの手裏剣をあびたようだ。男は四肢を動かし、地面を這《は》おうとしていたが、すでに顔を起こす力もないようだった。

「ここでの闘いは、終わった」

唐十郎はあいたままの門扉から表へ走り出た。助造と新之助もついてきた。

門の外も人影がなかった。微風があり、通り沿いの樹木の枝葉がサワサワと揺れている。枝葉の揺れる音のなかに、走り寄る足音が聞こえた。

唐十郎は足音のする方に目をやった。夜陰のなかに、黒い人影がかすかに識別できた。

咲である。通り沿いの樹陰に隠れていたらしい。

「唐十郎さま、倉田と菊川は逃げました」

咲が言った。

「十郎太たちは」

「逃げた倉田たちを尾けています」

咲によると、菊川、倉田、井川、それに名を知らぬ男がひとり、屋敷内から戸口へ出てきて、そのまま門外へ走り抜けたという。

十郎太たちは屋敷内に忍び込んでふたりを斃したが、気付かれたために屋敷の外へ逃れたそうだ。初めから、そのつもりで屋敷内に侵入したのである。

「門の脇にいた男は？」

唐十郎が訊いた。

「屋敷内から飛び出してきた男です。わたしが、手裏剣で仕留めました」

「夷誅隊の残りは四人か」

咲が言った。

「森山どのたちが尾けていますから、行き先はつきとめられます」

「逃がすわけにはいかぬ」

唐十郎は、今夜中に始末したいと思った。ここで取り逃がせば、菊川も倉田も京から姿を消すかもしれない。

第六章　敵討《かたき》ち

1

「森山どののようです」

咲が言った。

唐十郎、咲、助造、新之助の四人は白川村の菊川屋敷を後にすると、雑木林のなかを抜け、前田屋敷の裏手を通って三条大橋が前方に見えるところまで来ていた。

「そのようだ」

十郎太が、小走りに近付いて来る。柿色の忍び装束は闇に溶け、かすかに黒い人影が識別できるだけである。

十郎太は唐十郎の前に立つと、

「狩谷どの、菊川たちは四条大橋ちかくの料理屋に入ったぞ」

と、言った。鴨川沿いにある鳴瀬屋《なるせや》という店だという。

「料理屋か」

唐十郎は意外な気がした。どこか別の隠れ家に身を隠すか、あるいは菊川を庇護《ひご》する浪士か公家の屋敷にでも、いったん身をひそめるのではないかとみていたのだ。

「おそらく、鳴瀬屋にとどまるのはいっときで、今夜遅くか明朝には出て行くはずだ」

十郎太によると、菊川たちは尾行に気を使い、何度も後ろを確かめながら逃げたという。さらに、菊川たちは尾行者をまくために三条通りの辰野屋に入り、裏口から抜けて鴨川沿いをたどって鳴瀬屋に入ったそうだ。

「同じ手は食わぬ」

十郎太たちは、辰野屋の裏手へ抜ける手で尾行した夷誅隊の者を一度見失っていた。そのため、すぐに辰野屋の裏手にまわり、菊川たちを尾けることができたという。

「それで、江島たちは？」

唐十郎が訊いた。

「鳴瀬屋を見張っている」

十郎太によると、店先と裏口、それに四条大橋のたもと近くにひとりいるという。

「ともかく、鳴瀬屋に行ってみよう」

唐十郎たちは足早に鴨川沿いの通りを川下にむかって歩いた。通り沿いの町家は表戸をしめ、夜の帳《とばり》のなかにひっそりと沈んでいる。何時ごろかはっきりしないが、夜は更けているのだろう。

四条大橋のたもとまで来ると、川岸のたもとから江島が姿を見せた。

「どうだ、店の様子は?」

十郎太が訊いた。

「菊川たちは、店に入ったままです」

江島によると、菊川たちは二階の座敷にいるのではないかという。店の脇に身を寄せて探ったとき、菊川たちらしい武士の声が聞こえたという。

「近付いてみよう」

唐十郎が言うと、江島が先に立った。

鳴瀬屋は大きな店で、二階だけで三、四間ありそうだった。ただ、客のほとんどは帰ったらしく、障子に灯の色があるのは奥の一部屋だけである。

店に近付くと、斜向かいの表戸をしめた店の間から、人影があらわれた。木下である。鳴瀬屋の戸口を見張っていたらしい。

「菊川たちは、店に入ったままです」

木下が低い声で言った。

唐十郎たちは、店の脇の川沿いの道を裏手にむかって歩いた。

「あの座敷か」

唐十郎が川岸に足をとめ、二階の明らんでいる座敷を指差して訊いた。

「そうです」

江島が答えた。

「うむ……」

二階のすぐ下の座敷の障子にも灯の色があった。そこにも客が残っているのだろうか。客ではなく、そこは帳場か調理場になっていて、店の者がいるのかもしれない。

……二階から、飛び下りられるな。

と、唐十郎はみた。

一階の屋根が、二階の窓下に張り出ていた。窓の障子をあけ、いったん屋根に飛び下りれば、地上に下りられるはずだ。襲撃するなら、窓の下にも待機していなければ、菊川たちに逃げられるだろう。

いっときの後、唐十郎たちは川岸の樹陰に集まった。

「やるか」

十郎太が小声で言った。

「今夜しかないからな」

唐十郎は、客がいても今夜鳴瀬屋に踏み込んで菊川たちを討たねば、取り逃がす恐れがあるとみていた。それに、菊川たちは酒を飲んでいるようだ。油断がある。追っ手はまいたとみて、襲撃はないと踏んでいるのだろう。

「おれと助造とで踏み込む」

唐十郎が言った。

「ふたりだけか」

十郎太が訊いた。新之助や江島たちは、食い入るように唐十郎を見つめている。

「階段も廊下も狭い。大勢で踏み込んでも同じことだ。それに、ふたりの方が居合が存分に遣える」

「おれたちは、どうするのだ」

十郎太が訊いた。

「おそらく、倉田たちは二階から飛び下りて逃げようとする。森山どのたちは、そこで待ち構えていてくれ」

「承知した」

十郎太とともに、江島たちもうなずいた。

「わたしは、どこにいますか？」

新之助が訊いた。

「小杉どのも、森山どのたちといっしょにいてくれ。倉田はかならず、二階から飛び下りる」

倉田は狭い座敷で居合と斬り合う不利を察知し、外へ出ようとするはずである。

「分かりました」

新之助が顔をこわばらせてうなずいた。

「わたしは、念のため店の戸口を見張っています」

咲が小声で言った。

2

唐十郎と助造が、鳴瀬屋の前に歩を寄せると、仲居らしい女が戸口に出てきて暖簾をはずし始めた。

「入るぞ」

唐十郎は女の脇から店に入ろうとした。

「もう、店仕舞いどす」

女が戸惑うような顔をして言った。暖簾を手にしたままである。

唐十郎と助造は、かまわず店に入った。女は慌てて入ってきて、店仕舞いだから明日にしてくれ、と困惑したような顔をして言った。

女にはかまわず、唐十郎は店のなかに視線をまわした。土間の先に狭い板敷の間があり、正面に二階に上がる階段があった。右手に帳場らしき狭い座敷がある。その座敷に初老の男が座っていた。主人らしい。

「またにしておくれやす」

女が声を大きくして言った。

すると、帳場にいた初老の男が唐十郎たちに目をむけ、慌てた様子で近寄ってきた。

「こ、こまります」

男が困惑したように顔をゆがめた。

「亭主か」

「は、はい」

「二階に、四人、武士がいるな」

唐十郎が低い声で訊いた。

「二階の方たちにも、そろそろお帰りいただきますので……」

「あの者たちが、何者か知っているのか」

「知りませんが……」

亭主が怪訝な顔をした。

「夷誅隊の者だ」

「へっ」

亭主が、喉のつまったような声を出した。

「われらは公儀の者だが、京都所司代からも探索の許しを得ている。亭主、おとなしく身を隠していないと、命はないぞ」

「そ、そんな……」

亭主は恐怖に顔をゆがめて後じさった。唐十郎のそばにいた女も、手にした暖簾を取り落とし、戸口の方へ足をむけた。

「行くぞ、助造」

唐十郎は、框から板敷の間に踏み込んだ。

助造は無言で唐十郎の後に跟《つ》いた。

階段の突き当たりの座敷は暗かった。だれもいないようだ。灯明は、二階の左手から洩れてくる。唐十郎は足早に階段を上がった。左手の奥から、くぐもったような男の声が聞こえてきた。

階段を上がりきって、左手に目をやると奥の座敷の障子が明らんでいた。そこから男の声が聞こえてくる。菊川たちは、その部屋にいるようだ。

唐十郎は足音を忍ばせて、明りのある座敷に近付いた。歩きながら左手で祐広の鯉口を切った。助造もすこし前屈みの格好で、刀の柄に右手を添えている。

唐十郎は座敷の手前まで来ると、助造を振り返り、

……踏み込むぞ。

と、目で合図した。

助造が無言でうなずいた。

ガラリ、と障子をあけはなった。

座敷に四人の男がいた。上座に菊川、右手に倉田の顔が見えた。四人は酒肴の膳を前にして座っていたが、一瞬、凍りついたように身を硬くした。

次の瞬間、倉田が、

「敵だ！」

と叫び、倒れるように身を投げだして傍らに置いてあった刀をつかんだ。

すかさず、唐十郎が身を低くして踏み込んだ。

助造がつづく。

男たちが、いっせいに腰を上げた。立ち上がる者、刀をつかもうとする者、這って逃げようとする者……。膳が倒れ、銚子が転がり、男たちの怒号がひびいた。

唐十郎は腰を低くし、
ヤアッ！

短い気合を発し、刀を取ろうとしていた井川に迫って袈裟に斬り下ろした。狭い座敷内での抜き打ちである。

バサッ、と井川の肩口が裂けた。

井川が絶叫を上げてよろめいた。肩口から血飛沫が障子に飛び、バラバラと音をたてた。赤い花弁を散らすように、障子紙を染めていく。

つづいて、助造が抜きつけた。

横一文字に払った切っ先が、廊下へ逃げようとした男の横腹を切り裂いた。

男は叫び声を上げ、廊下へ飛び出した。喉が裂けるような悲鳴を上げ、血の筋を引きながら階段の方へよろめいていく。

「逃げろ！」

「窓から外へ飛び出せ！」

倉田と菊川が叫んだ。

菊川が窓の障子をあけ、足をかけて飛び下りた。張り出した屋根に落ちる重い音が聞こえ、つづいて地面に飛び下りた音がした。

菊川の後から、倉田が飛び出そうとした。

「逃さぬ！」

唐十郎が追いすがって、斬り下ろした。

だが、一瞬遅れた。切っ先が窓の外へ跳躍した倉田の肩先をかすめただけである。

唐十郎は、窓辺に身を寄せて外を覗いた。

菊川と倉田が、川岸に走っている。二階の座敷から洩れる明りに、ふたりの姿がぼんやりと浮き上がっていた。

ふいに、菊川と倉田が足をとめた。二階からは見えなかったが、新之助や十郎太たちに取りかこまれたようだ。

「助造、外だ！」

叫びざま、唐十郎は窓外に跳んだ。

3

「倉田仙三郎、父の敵！」

新之助が甲走った声を上げ、倉田に切っ先をむけた。顔がこわばり、目をつり上げていた。気が異様に昂っている。

倉田と菊川の背後の闇のなかに、十郎太、江島、木下、夏目の四人が、手裏剣を手にして身構えていた。いまにも、手裏剣を打ちそうな気配である。

「返り討ちにしてくれるわ！」

倉田が吼えるような声で言った。

そこへ、窓から飛び下りた唐十郎と助造が駆け寄ってきた。

「待て！」

唐十郎が、倉田の前へ走った。

助造は、菊川の前へまわり込んだ。すでに、刀は鞘に納めていた。居合の技を遣うためである。

「助太刀いたす」

唐十郎が倉田と対峙した。

新之助は左にまわって、すこし身を引いた。青眼に構え、切っ先を倉田の喉あたりにつけている。

「おのれ！　こうなったら、ふたりとも返り討ちだ」

倉田は憤怒に顔をゆがめ、唐十郎に切っ先をむけた。刀身の地鉄には、澄んだ黒味があり武張った感じがあった。

……石堂是一だ。

倉田の手にした刀は、是一にまちがいなかった。いまも、我が身から離さずに帯刀していたようだ。

唐十郎は右手を刀の柄に添え、居合腰に沈めた。居合の抜刀体勢をとったのである。

唐十郎と倉田との間合は、およそ三間半。まだ、抜きつけの一刀をふるうには、遠い間合である。

倉田の切っ先が、ピクピクと上下に震えだした。鶺鴒の尾と呼ばれる北辰一刀流独特の青眼の構えである。斬撃の起こりを迅くするために、切っ先をとめずに動かしているのだが、他にも利があった。切っ先の小刻みの震えが月光を乱反射して、見る者の目を惑わすのだ。

だが、唐十郎はすこしも動じなかった。遠山《えんざん》の目付《めつけ》で、倉田を見ていたからである。遠山の目付は敵の切っ先だけを見ずに、遠い山を眺めるように敵の体全体を見る。そのため、敵の切っ先の動きに惑わされることはないのだ。

唐十郎と倉田は、対峙したまま動かなかった。倉田の切っ先だけが、昆虫の触手のように小刻みに震えている。

助造と菊川は、三間ほどの間合をとって相対していた。

菊川は八相に構えていた。相手を威嚇するように、両肘を上げて高く構えている。だが、それほどの威圧はなかった。気の昂りで肩に力が入り過ぎて腰が浮き、刀身が揺れている。

「おれを斬る気か！」

菊川がなじるように言った。

「そうだ」

助造は居合腰に沈めた。

「われは、夷狄から国を守らんとする国士ぞ！」

菊川が目を剝いて叫んだ。

「町人を斬り、金品を強奪する者が国士か」

助造の顔にも怒りの色が浮いた。

「お、おのれ！」

菊川は八相に構えたまま後じさりし始めた。

唐十郎は、趾《あしゆび》を這わせるようにジリジリと間合をつめ始めた。倉田も、切っ先を震わせたまますこしずつ間合を狭めてきた。全身に気勢が満ち、剣気が高まってくる。

ふたりの間合が狭まってきた。さらに、剣気が高まり、痺れるような緊張がふたりをつつんでいる。

ふたりは全神経を敵に集中していた。まわりの音も、時の流れも、ふたりをつつんだ闇も、まったく意識していなかった。

ふいに、唐十郎が寄り身をとめた。右足が居合の抜刀の間境に踏み込んでいる。倉田も動きをとめた。ふたりは、全身に気勢を込め、気魄《きはく》で攻め合った。

いっとき過ぎ、ふたりの剣気が異様に高まった。

潮合である。

ピクッ、と倉田の剣尖が動いた。刹那、倉田の全身に斬撃の気がはしった。

イヤアッ！

タアッ！

ふたりの気合が、ほぼ同時に静寂を劈《つんざ》いた。

唐十郎の体が躍動し、腰元から閃光がはしった。

小宮山流居合、稲妻。

稲妻は上段から間合に入ってきた敵の胴へ、抜きつけの一刀を横に払い、腹部を浅く薙ぐ技である。

間髪をいれず、倉田が斬り込もうとして振りかぶった。

そこへ、唐十郎の一颯《いっさつ》が倉田の腹を横に薙いだ。唐十郎は倉田の動きを読んで、稲妻を遣ったのである。

倉田の着物が横に裂け、あらわになった腹に血の線が浮いた。唐十郎の切っ先が、倉田の腹を浅くえぐったのである。

倉田が喉のつまったような呻き声を上げて後じさった。構えがくずれ、手にした刀の切っ先が落ちている。

「いまだ！　斬り込め」

唐十郎が叫んだ。

その声にはじかれたように、新之助が倉田の前に走った。

エエイッ！

踏み込みざま、袈裟に。

体ごとぶっつかっていくような斬撃だった。新之助の刀身が、倉田の肩口から胸のあたりまで食い込んだ。

グワッ！　という呻き声を上げ、倉田は後ろへよろめいた。ひらいた傷口から血が噴出し、上半身を赤く染めていく。

倉田はなんとか体勢を立て直すと、憤怒の形相でつっ立った。目をつり上げ、口をひらいて歯を剝き出している。

「お、おのれ！」

倉田は青眼に構えようとしたが、体が顫えて構えられなかった。胸部から腰のあたりまで、血に染まっている。

新之助がさらに一太刀あびせようとして振りかぶったとき、倉田の体が大きく揺れ、腰からくずれるように転倒した。

「みごと、敵を討ったな」

唐十郎が、新之助に声をかけた。

新之助は血刀を手にして、何かに憑かれたような顔をしてつっ立っていたが、

「は、はい」

と答え、唐十郎に目をむけた。ひとを斬った興奮と、大願を成就した喜びで双眸がかがやいている。

「小杉どの、これを江戸へ持って帰るといい」

唐十郎は、倉田が手にしていた是一を新之助に手渡した。これを江戸へ持参すれば、敵討ちを果たした証にもなるだろう。

「あ、ありがとうございます」

新之助は是一を手にし、絞り出すような声で言った。

唐十郎は助造に目をやった。

まだ、勝負は決していなかった。助造と菊川は、およそ三間ほどの間合をとって対峙していた。

菊川の右袖が裂け、二の腕が血に染まっていた。助造に斬られたらしい。菊川の顔

は恐怖にゆがんでいた。八相に構えた刀身が揺れ、腰が浮いている。

……助造が後れをとるようなことはない。

と、唐十郎は見てとった。

ふいに、菊川が後じさった。倉田が討たれたのを目にしたらしい。菊川は助造との間があくと、反転して駆けだした。その場から逃げるつもりだ。

ヒュッ、と大気を裂く音がし、棒手裏剣が逃げる菊川を襲った。菊川を取りかこんでいた十郎太たちが打ったのだ。

ギャッ、という絶叫を上げ、菊川が身をのけ反らせた。背中に棒手裏剣が刺さっている。さらに、よろめいた菊川の脇腹と太腿にも棒手裏剣が刺さった。

菊川の足がとまり、体が大きく揺れた。苦痛に顔がゆがんでいる。

「逃さぬ!」

一声上げ、助造が踏み込んだ。

袈裟にふるった一撃が、菊川の背へ。

ザックリ、と菊川の背が裂け、血がほとばしり出た。

菊川は呻き声を上げ、前によろめいた。三間ほど歩いたところで、菊川はつんのめるように前に倒れた。爪先を何かにひっかけたらしい。

菊川は四つん這いになり、喚き声を上げながら這って逃れようとした。

「とどめだ！」

助造が菊川の脇へまわり込んで、斬り下ろした。

にぶい骨音がし、菊川の首が前に垂れた。

次の瞬間、菊川の首根から血が赤い帯のようにはしった。助造の斬撃が、菊川の首を截断したのである。

菊川は血を噴出させながら、前につっ伏した。そのまま動かない。噴血は心ノ臓の鼓動に合わせて勢いよく三度飛び、後は筋を引いて流れ落ちるだけになった。

助造は倒れている菊川の脇に立ち、血振《ちぶ》りをくれると、ゆっくりとした動作で納刀した。

助造の顔が紅潮し、目が異様にひかっていたが、しだいにいつもの顔にもどってきた。真剣勝負の気の昂りが収まってきたのだ。

「助造、どうだ傷は？」

唐十郎が、近付いて訊いた。

「もう、治りました」

助造は、左手で脇腹をたたいてみせた。だが、着物に血の色がかすかに浮いていいる。わずかだが、傷口がひらいたのかもしれない。

「しばらく、おとなしくしてるんだな」

唐十郎が、おだやかな声で言った。

これで、新之助の敵討ちが終わり、夷誅隊を征伐することもできた。当分、助造が刀をふるうこともないだろう。

「菊川たちの死体は、われらが始末しておく」

十郎太が言った。

「頼む」

唐十郎はゆっくりと歩きだした。

助造と新之助がついてきた。三人は、鴨川沿いの道を川上にむかって歩いた。津島屋へ帰るつもりだったが、店につくころは夜が明けるかもしれない。

月が綺麗だった。浅瀬が月のひかりに、キラキラひかっている。鴨川のせせらぎが、唐十郎たちの足元から聞こえてきた。大勢の幼子が戯れているような音である。

4

「お師匠、江戸へはいつもどられるのですか」

助造が訊いた。

津島屋の離れに、唐十郎、助造、新之助、それに咲の姿があった。助造と新之助は、明朝京を発ち、江戸へむかうことになっていた。

菊川や倉田たちを討ち取った三日後である。助造と新之助は、江戸へ発つことを唐十郎に知らせに来たのだ。

新之助は、剣袋に入った石堂是一の鍛えた刀を大事そうに持っていた。倉田を討ち取り、是一の刀を取りもどしてから、ずっとそばに置いているらしい。

「いつになるか、おれにも分からん」

唐十郎は、しばらく京にいるつもりだった。何か目的があったわけではない。強《し》いて言えば、修羅のような京洛こそ、野晒と呼ばれる自分が生きるにふさわしい地のような気がするからである。

「できれば、いっしょに帰っていただきたいのですが」

助造がそう言うと、

「お師匠、いっしょに江戸に帰りましょう」

新之助が声を大きくして言った。ちかごろになって、新之助は唐十郎を師匠と呼ぶようになった。

「いや、もうすこしここにいる」

唐十郎にとっては、江戸も京もそれほど変わりはなかった。

「道場はどうするのです」

助造が訊いた。

「本間《ほんま》とふたりで、つづけてくれ」

江戸の狩谷道場には、本間弥次郎《やじろう》という門弟がいた。狩谷道場の師範代で、唐十郎とともに道場を背負ってきた男である。

弥次郎は、江戸から京にむかった夷誅隊を討つために、唐十郎といっしょに東海道を旅してきたが、目的を果たして江戸にもどっていた。いま、弥次郎は狩谷道場で、門弟を指南しているはずである。

唐十郎は、助造なら弥次郎とふたりで十分やっていけるだろうと思った。

そのとき、唐十郎と助造のやり取りを聞いていた新之助が、

「お師匠、お願いがございます」

と、身を乗り出すようにして言った。新之助は、真剣な目差しで唐十郎を見つめている。

「なんだ」

「わたしを弟子にしてください」

新之助が、訴えるように言った。

「おれの弟子になりたいのか」

新之助が、唐十郎を師匠と呼ぶようになったのは、弟子になりたい気持ちがあったからしい。

「は、はい」

「だが、小杉どのは、家を継がねばなるまい」

小杉家は千石を喰む大身の旗本だった。新之助は小杉家の嫡男で、敵討ちを終えて江戸に帰れば、小杉家を継ぐことになる。剣術の稽古など、やってはいられないだろう。

「家を継ぐことができても、当分の間非役です。剣術の道場へ通うことはできます」

新之助が言いつのった。

「うむ……」

弟子にしてやってもいいが、唐十郎はしばらく江戸へもどる気はなかったし、居合の指南をする気もなかった。

「小杉どの、小宮山流居合を身につけたいのか」

唐十郎が声をあらためて訊いた。

「はい、此度《こたび》の件で、おふたりの居合の精妙さを見せていただきました。それで、何としても、小宮山流居合の門弟になりたいと思ったのです」

「ならば、よき師がいる」

「だれです？」

「助造だ」

唐十郎が助造に目をやって言った。

「お、おれが、師匠などとんでもない」

助造が慌てて言った。

「いや、腕は確かだし、それに、助造はおれとちがって、さらに修行をつづけようという意欲がある。師匠には適任だ」

助造と本間なら、新之助に指南することができるだろう、と唐十郎は思った。

「箕田どの、お願いいたします」

新之助は助造に体をむけ、畳に両手をついた。

「だ、だめだ。おれは、まだ修行の身だ」

助造は困惑し、狼狽《ろうばい》している。

「助造、そう堅く考えるな。道場で共に稽古をすればいいのだ。……それに、本間がいる。手解《てほど》きは、本間に頼めばいい」

唐十郎がそう言うと、

「それならば……」

助造は、顔をこわばらせたままうなずいた。

「お師匠、ありがとうございます」

新之助は助造に恭《うやうや》しく頭を下げた。

助造は、照れたような顔をして視線を膝先に落とした。まだ、他人に指南する気持ちにはなれないのだろう。

それから、小半刻（三十分）ほどして、助造と新之助は腰を上げた。唐十郎と咲は、ふたりを戸口まで送って出た。

「ところで、助造」

戸口に立った唐十郎が、助造に身を寄せて言った。

「なんでしょう」

「木村屋の娘とは、どうなった」

唐十郎は、助造とお初がお互いに思いを寄せ合っていたのを知っていたのだ。

「どうしても、刀を捨てる気にはなれませんでした」

助造がつぶやくような声で言った。

助造と新之助は、倉田や菊川を討ち取った後、木村屋にはもどらず、別の旅籠に泊まっていたのだ。

「そうか」

「これから、江戸に帰って居合の稽古をしなければ」

助造が、胸の内の思いを吹っ切るように声を強くして言った。

唐十郎は何も言わず、ちいさくうなずいただけだった。

「明日は、見送りに行かぬぞ」

唐十郎が声をあらためて言った。助造たちの出立は払暁《ふつぎょう》であろう。

「ここでひとまず、お別れいたします」

助造が神妙な顔をして言った。

ふたりは、唐十郎と咲に頭を下げ、三条通りの方に去っていった。

唐十郎と咲は、ふたりの背が遠ざかるまで見送っていたが、

「唐十郎さまは、いつまで京に？」

咲が、あらためて訊いた。咲は伊賀者だが、京の政情を探る旨を公儀に届けてあるので、しばらくの間京で暮らすことができるだろう。

「咲が、江戸を恋しくなるまでかな」

「……」

「咲、ふたりで借家にでも住むか」

「はい……」

咲は嬉しそうな顔をして、唐十郎に身を寄せてきた。

一〇〇字書評

切・り・取・り・線

京洛斬鬼

購買動機（新聞、雑誌名を記入するか、あるいは○をつけてください）

□（　　　　　　　　　　　　　　）の広告を見て
□（　　　　　　　　　　　　　　）の書評を見て
□ 知人のすすめで　　　　　　□ タイトルに惹かれて
□ カバーが良かったから　　　□ 内容が面白そうだから
□ 好きな作家だから　　　　　□ 好きな分野の本だから

・最近、最も感銘を受けた作品名をお書き下さい

・あなたのお好きな作家名をお書き下さい

・その他、ご要望がありましたらお書き下さい

住所	〒				
氏名		職業		年齢	
Eメール	※携帯には配信できません		新刊情報等のメール配信を 希望する・しない		

この本の感想を、編集部までお寄せいただけたらありがたく存じます。今後の企画の参考にさせていただきます。Eメールでも結構です。

いただいた「一〇〇字書評」は、新聞・雑誌等に紹介させていただくことがあります。その場合はお礼として特製図書カードを差し上げます。

前ページの原稿用紙に書評をお書きの上、切り取り、左記までお送り下さい。宛先の住所は不要です。

なお、ご記入いただいたお名前、ご住所等は、書評紹介の事前了解、謝礼のお届けのためだけに利用し、そのほかの目的のために利用することはありません。

〒一〇一-八七〇一
祥伝社文庫編集長 加藤 淳
電話 〇三（三二六五）二〇八〇

祥伝社ホームページの「ブックレビュー」からも、書き込めます。
http://www.shodensha.co.jp/bookreview/

上質のエンターテインメントを！ 珠玉のエスプリを！

祥伝社文庫は創刊十五周年を迎える二〇〇〇年を機に、ここに新たな宣言をいたします。いつの世にも変わらない価値観、つまり「豊かな心」「深い知恵」「大きな楽しみ」に満ちた作品を厳選し、次代を拓く書下ろし作品を大胆に起用し、読者の皆様の心に響く文庫を目指します。どうぞご意見、ご希望を編集部までお寄せくださるよう、お願いいたします。

二〇〇〇年一月一日 祥伝社文庫編集部

祥伝社文庫

京洛《きょうらく》斬鬼《ざんき》 介錯人《かいしゃくにん》・野晒《のざらし》唐十郎《とうじゅうろう》〈番外編〉

平成二十三年二月十五日 初版第一刷発行

著者 鳥羽《とば》亮《りょう》

発行者 竹内和芳

発行所 祥伝社

東京都千代田区神田神保町三−六−五

九段尚学ビル 〒一〇一−八七〇一

電話 〇三（三二六五）二〇八一（販売部）

電話 〇三（三二六五）二〇八〇（編集部）

電話 〇三（三二六五）三六二二（業務部）

http://www.shodensha.co.jp/

印刷所 萩原印刷

製本所 ナショナル製本

カバーフォーマットデザイン 中原達治

造本には十分注意しておりますが、万一、落丁、乱丁などの不良品がありましたら、「業務部」あてにお送り下さい。送料小社負担にてお取り替えいたします。

 ISBN978-4-396-33644-8 C0193

祥伝社文庫の好評既刊

鳥羽 亮

闇の用心棒

齢のため一度は闇の稼業から足を洗った安田平兵衛。武者震いを酒で抑え、再び修羅へと向かった！

鳥羽 亮

地獄宿 闇の用心棒②

〝地獄宿〟と恐れられるめし屋。主は闇の殺しの差配人。ところが、地獄宿の男達が次々と殺される。狙いは!?

鳥羽 亮

剣鬼無情 闇の用心棒③

骨までざっくりと断つ凄腕の刺客の殺しを依頼された安田平兵衛。恐るべき剣術家と宿世《すくせ》の剣を交える！

鳥羽 亮

剣狼《けんろう》 闇の用心棒④

闇の殺し人片桐右京を襲った秘剣霞落とし。破る術を見いだせず右京は窮地へ。見守る平兵衛にも危機迫る。

鳥羽 亮

巨魁《きよかい》 闇の用心棒⑤

岡っ引き、同心の襲来、謎の尾行、殺し人「地獄宿」の面々が斃されていく。殺るか殺られるか、究極の剣豪小説。

鳥羽 亮

鬼、群れる 闇の用心棒⑥

重江藩の御家騒動に巻き込まれ、攫われた娘を救うため、安田平兵衛、片桐右京、老若の〝殺し人〟が鬼となる！

祥伝社文庫の好評既刊

鳥羽　亮

狼の掟

闇の用心棒⑦

一人娘まゆみの様子がおかしい。娘を想う父としての平兵衛、そして凄まじき殺し屋としての生き様。

鳥羽　亮

地獄の沙汰

闇の用心棒⑧

「地獄屋」の若い衆が斬殺された。元締めは平兵衛、右京、手甲鈎の朴念など全員を緊急招集するが…。

鳥羽　亮

さむらい

青雲の剣

極貧生活の母子三人、東軍流《とうぐんりゅう》剣術《けんじゅつ》研《けん》鑽《さん》の日々の秋月信介《あきづきしんすけ》。待っていたのは父を死に追いやった藩の政争の再燃。

鳥羽　亮

死恋《さむらい》の剣

浪人者に絡まれた武家娘を救った一刀流の待田恭四郎。対立する派の娘と知りながら、許されざる恋に……。

鳥羽　亮

必殺剣「二胴《ふたつどう》」

壮絶な太刀筋、必殺剣「二胴」。父を殺され、仲間も次々と屠《ほふ》られる中、小野寺左内はついに怨讐《おんしゅう》の敵と！

戸部新十郎

幻剣《げんけん》蜻蛉《とんぼう》

大空をふわりと飛ぶトンボに見立てた太刀名儀〈蜻蛉《とんぼう》〉を自在に使う怪剣士富田一放《とだいっぽう》の剣！

祥伝社文庫　今月の新刊